Petra Pansch

# Bitte Umblättern

© 2020 Petra Pansch

Verlag & Druck: tredition GmbH,Halenreie 40, 22359 Hamburg

ISBN
Paperback    978-3-347-19215-7
Hardcover    978-3-347-19216-4
e-Book       978-3-347-19217-1

# Geheimnisse

Eine kleine saftige Rosine aus dem frischen Napfkuchen zu puhlen, erfordert schon eine gewisse Fingerfertigkeit und Schnelligkeit. Es ist auch gar nicht so schlimm, wie es oft hingestellt wird. Aber ein kleines Mädchen, wie ich damals, das hatte schon so seine Gewissenskämpfe. Lecker war sie, diese rumselige Süßigkeit; ein gutes und schlechtes Gefühl zugleich. Mein kleines Geheimnis. Aber mehr nicht...oder doch?

Heute sitze ich in der Nordeifel auf einer alten Holzbank, die am Rundweg um die Burg Nideggen zum Schauen, Nachdenken und Rückdenken einlädt. Ab und zu nehme ich mir die Zeit dazu. Es ist Frühling und es riecht noch schwer nach winterfeuchter Erde. Frischverpaarte Vögel mit trockenen Grashalmen im Schnabel beeilen sich ihr neues Nest zu bauen. Sie müssen schnell sein, die Natur braucht dringend singenden und insektenvertilgenden Nachwuchs. Ich lächle vor mich hin, süßes Nichtstun. Sonnenstrahlen springen von Ast zu Ast und zeigen flirrende, diffuse Schattenfiguren. Ich scheine alle Zeit der Welt zu haben und noch ein wenig mehr. Doch das täuscht. Aus dem heiteren Himmel werden grauneblige Schattenwolken. Sie zeichnen mir bekannte Szenen. Ich erkenne Menschen und deren Tun, verworrene Vermutungen steigen aus meinem Herzen, sogar Misstrauen und Ängste. Sie geben längst vergangene Begebenheiten preis und lichten manchen Schleier.

Ich denke zurück an vergangene Zeiten, Episoden, Schmeicheleien, Lachendes, Tränendes. Dinge, über die die Wolkenschleier der Vergangenheit ihr Schweigen gebreitet haben. Doch es waren keine Naturgegebenheiten die Geschichten machten, sondern Menschen, meine Familie, mein

Umfeld. Alles wurde unter Stillschweigen gepackt, wie Ersatzwäsche in den Schrank, wohlwissend, die wollen wir nie mehr brauchen. Jetzt lüfte ich den Schleier der kleinen heimlichen Verfehlungen, der Dummheiten, Liebeleien, Kabalen, der dramatischen Geheimnisse oder gar Verdamnisse, aber auch der schönen Dinge, die uns wie Sonnenstrahlen zum Lächeln bringen. Ich, wir sind doch Optimisten.

# Mein Weg in die Stadt

Ich bin aus dem Haus heraus in Richtung Kreisverkehr, als Fußschreiter natürlich auf dem Fußweg, unterwegs. Plötzlich kreischende Fahrradreifen und Bremsgeräusche hinter mir. Ich spüre das Fahrrad mental schon im Rücken. Dann ein klägliches Hallo, das ich als „Entschuldigung" oder „Geh-aus-dem-Weg-Alte" deuten darf, bevor der junge Pedaler mit Schmackes über den Fußgängerüberweg hinwegfegt. Wie immer, vorsichtiger, erst nach rechts und links schauend und den Kampfeswillen der ankommenden Autos erstmal einschätzend, überquere ich den Zebrastreifen. Die Kölnstraße geradewegs entlang, am Adenauer-Park vorbei, alles ohne nennenswerte Hindernisse. Das nächste Erlebnis, ich habe ausgesprochenes Glück, da ich ja sonst in jedes Fettnäpfchen trete, ein großer Hundehaufen vor der Tür eines Geschäftes, der gerade dankender Weise von der Inhaberin entfernt wird. Abgesehen vom zur Seite springen, weil einige Mitbürger vor Kraft, Siegeswillen, Überheblichkeit oder Dummheit nicht wissen, was sich gehört, erreiche ich die City. Ich mag sie mittlerweile, denn in den vergangenen Monaten wurde hier vieles umgestaltet und den Wochenmarkt, den liebe ich besonders. Deshalb tue ich es mir dreimal die Woche an, in das Gebrodel der Gegensätze einzutauchen. Den Einkauf zügig absolviert, gebot mir und anderen die rote Ampel an der Post, Einhalt. Ach, wäre ich doch trödeliger über den Markt gebummelt. Denn ein großer Herr neben mir lässt laut und ungeniert seine Darmgase entweichen. Die Duftwolke habe ich jetzt noch in der Nase. Das wars! Das nächste Mal nehme ich lieber einen Riesenumweg in Kauf.

# Sebnitz

Die Leser meines Buches „Vom Ossi zum Wessi" wissen, dass ich in Sebnitz ein paar Jahre gelebt und als Journalistin bei der Sächsischen Zeitung gearbeitet habe. Sie wissen auch, dass mich viele schmerzhafte Erinnerungen mit dieser Stadt verbinden.

Eigentlich wollte ich nie wieder nach Sebnitz, doch die Erinnerungen, die mich dann beim Schreiben meines Buches einholten, führten schließlich dazu, 35 Jahre nach meiner Ausreise noch einmal dorthin zu reisen.

Im Juli 2019 war ich dort auf Einladung der Stadtbibliothek, zur Vorbereitung einer Lesung im September. Vieles hat sich in der Stadt verändert, die Fassaden sind frisch gestrichen, einiges renoviert, aber manches ist immer noch so wie zu der Zeit, als ich hier lebte. Heute ist Wochenmarkt, reges Treiben um Springbrunnen und Postsäule. Vor allem ältere Menschen sind mit Tüten und dem altbewährten Einkaufsnetz unterwegs. Wie es der Zufall will, sehe ich an einem Marktstand eine zierliche Frau mit kurzen, fast weißen Haaren. Mich durchzuckt es blitzartig, das ist doch Sabine. Älter zwar, aber ich spüre, das ist sie, die Lebensgefährtin des zweiten Redakteurs Gerhard bei der Sächsischen Zeitung. Er ist inzwischen verstorben, das habe ich bei den Recherchen zu meinem Buch erfahren, auch das sie noch in der Stadt lebt. Ich überlege kurz und meine Füße gehen fast von allein in ihre Richtung. Ich grüße und spreche sie an. Dieser Zufall ist sicher für sie ein Überfall. Ich lächle und stelle mich vorsichtig vor, erkläre ihr, wer ich bin, dass wir eine Zeit gemeinsam hier in Sebnitz gelebt haben. Ich erwähne unsere gemeinsamen Essenszeiten in der „Kunstblume", ihre Arbeit im Kulturbund, ihre historischen Exkursionen oder die

Treffen bei ihr zu Hause bei Kaffee und Kuchen. Ganz persönliche Dinge, die nur Eingeweihte wissen können. Ich merke, sie hat mich erkannt, aber gleichzeitig spüre ich Kälte. Sie will mich nicht mehr kennen und schiebt die lange Zeit als Mauer vor sich. Ihre Augen und ihre Hände verraten etwas anderes, es ist Abwehr. Sie möchte mit mir kein Gespräch. Sie unterbricht mich und erklärt noch einmal mit Nachdruck, mich nicht zu kennen und greift nach den Kartoffeln, die am Marktstand in der Auslage liegen. Für sie ist das Gespräch beendet. Für mich ist es auch nach 35 Jahren wieder die Erkenntnis, einmal Nestbeschmutzer, immer Nestbeschmutzer. Für manch einen ist die Zeit stehen geblieben und irgendwie meine ich, haben sie die neue Zeit seit der Wende gar nicht begriffen oder sogar schlimmstenfalls nicht verdient.

# Nur mal lesen

Ein Samstagsommertag in Düren, kurz nach 9 Uhr. Die Sonne ist gleißend hell, die Luft schwül und unwetterschwanger. Der Wochenmarkt ist wie fast immer, kurz vor dem Wochenende eine willkommene Abwechslung, um ins Städtchen zu gehen, das ansonsten, die Dürener mögen es mir verzeihen, für mich wenig Anziehungskraft hat und mir kaum ein Lächeln auf die Lippen zaubert. Aber dies sei nur mal so angemerkt.

Ohne große Aufregung komme ich über den Kreisverkehr, kein Autofahrer übersieht mich heute und auch der Radfahrer steigt vom Fahrrad, um auf eigenen Füßen regelgerecht auf dem Zebrastreifen auf die andere Straßenseite zu gelangen. Ich singe leise, meinen nicht sehr harmonischen Gesang, vor mich hin. Am Adenauer Park beobachte ich freche Spatzen, die sich um Brotkrumen und Sonnenblumenkerne zanken. Sonnenstrahlen liebkosen den großen Staatsmann aus rostigem Metall, der ziemlich nachdenklich oder ungehalten auf die großen dominierenden Abfallbehälter für die verschiedenen Glassorten in der Nähe seines Zuhauses schaut. Der grüne Park mit Rasenflächen und knorrigen alten Bäumen ist neben dem Friedhof gegenüber, der einzige Farbtupfer im Einheitshäusermeer. Doch wer geht eigentlich über den Gottesacker, wenn er nicht muss oder ohne eigenes Zutun eines Tages, hoffentlich nicht so bald, dort hingetragen wird? Ich nicht! Früher als Kind allerdings habe ich gerne die aus Stein geschlagenen, traurig blickenden Engel geschaut und die Inschriften buchstabiert, mir an den Fingern abgezählt, wie alt die Verblichenen eigentlich waren als sie zu Grabe getragen wurden. Doch mit dem Erkennen der Endlichkeit meines Lebens, vermeide ich es lieber, solche Orte zu betreten.

Heute habe ich außer dem Kauf bunter Vitamine an übervollen Marktständen noch etwas anderes vor. Ich möchte verschenken, ja Sie haben richtig gelesen, ich verschenke. In meine große Umhängetasche habe ich mein Buch gepackt. Darauf wartet eine Frau, die Schwester meines ehemaligen Friseurs, die in seinem Salon die Aufnahmeformalitäten hinter der kleinen Theke managt. So habe ich sie damals kennengelernt. Jetzt als Nichtmehrkunde begrüßt sie mich noch immer freundlich. Wir sprechen das eine oder andere Wort zusammen, wenn sie vor der Ladentür steht und ihr Zigarettchen raucht. Unverblümt am Anfang der Woche kam sie auf das Thema Buch. „Frau Pansch, sie haben doch ein Buch geschrieben. Wo kann ich das bekommen? Es interessiert mich sehr", sprudelte es aus ihr heraus. Ich antwortete gerne und beschrieb ihr ausführlich die unterschiedlichen Erwerbswege über Buchhandlungen oder über das Internet. Irgendwie bemerkten meine feinen Antennen, ich erreichte sie nicht. Dann ihre Antwort: „Ich kenne mich mit Computern und so nicht aus, können sie mir nicht eines von ihren geben? Frau Pansch, ich will es ja nur lesen, einfach nur mal lesen".

Ja was macht man auch sonst mit einem Buch? Es heißt nicht umsonst Lesen und normaler Weise kauft man sich dann eines, wenn man es lesen will.

Bücher sind für mich was Besonderes, die ich mir kaufe und die nach dem Auslesen noch immer geliebt und auch später noch, ab und an durchgeblättert und regelmäßig abgestaubt werden. Ebenso die andere Art von Büchern, die dank Inter-

net auf mich warten, um auf PC, Kindle und Co, ohne Esels-
ohren und Sonnenmilchflecken überall gelesen werden können, sind für mich was Besonderes.

Ich weiß es, wie viel Arbeit in einem Buch steckt, nicht nur
das Beschreiben der einzelnen Seiten. Seitdem ich selbst Bücher schreibe, spüre ich das ganz besonders und tief in mir
drin. Von der Idee, bis ich dann endlich das Manuskript in
den Händen halte, ist es ein langer Weg. Meine Autobiogra-
fie hat mich ein ganzes langes Jahr beschäftigt. Sie hat viel
von mir gewollt, eigentlich alles. Zeit, die ich ihr gerne gab,
schlaflose Nächte und Träume, die mich alles nochmal
durchleben ließen. Schmerzliches und Dinge zum Schmun-
zeln packte mir mein Gedächtnis nicht nur auf ein silbernes
Tablett. Begebenheiten, die ganz hinten in einer Schublade
meines Gehirns darauf warteten, entstaubt und aufgearbei-
tet zu werden.

Ich gehe ins Ladengeschäft, begrüße alle freundlich und reiche der Schwester meines ehemaligen Friseurs mein Buch
„Vom Ossi zum Wessi". Sie sagt: „Danke, ich wusste, dass
sie an mich denken…"

Ja, ich habe an sie gedacht und mir ist später diese Kurzgeschichte eben mal „zugeflogen", denn Schreiben ist doch
keine Arbeit. Arbeit strengt an, schafft Werte und erhält eine
entsprechende Entlohnung. Ich habe einige Zeit gesessen,
überlegt, formuliert und meinen Laptop strapaziert. Als Ergebnis steht jetzt diese kleine Episode. Fertig!

Aber jetzt muss ich erstmal etwas essen und trinken und das
bekomme ich nicht geschenkt.

# Führerschein

Als kleines Mädchen habe ich mich immer gewundert, dass mein Vater ein höchst distanziertes Verhältnis zum Auto hatte. Als Beifahrer saß er gewichtig den Weg weisend und rauchend neben dem Fahrer, der ihn im Trabant, gern auch im schneidigen Wartburg oder sogar im sowjetischen Wolga, der Edelkarosse der führenden Klasse, über die schlaglöchrigen DDR-Straßen kutschierte. Wenn ich ihn wissbegierig darauf ansprach, warum er keine Fahrerlaubnis besitze - so hieß dieses Dokument in der DDR - bog er gleich zu einer anderen Themenstraße ab.

Übrigens, das Wort Führerschein durfte uns DDR-Bürgern, aus einem wenig einleuchtenden Grund, nicht über die Lippen kommen. Es erinnerte so sehr an die Zeit, als sich ein sogenannter „Führer" die ganze Welt unter den Nagel reißen wollte. "Fahrerlaubnis" also, eine neue, sozialistische Wortschöpfung, wie so viele andere auch, die den friedliebenden Charakter unserer jungen Republik zeigen sollten.

Der geneigte Leser merkt spätestens an dieser Stelle, dass ich die Tochter meines Vaters bin, ich komme nämlich auch ganz geschickt auf ein Nebenthema. Also zurück zum Ausgangspunkt.

Mein Vater setzte sich in seinen Lieblingslehnsessel mit dem grünbraunen Gobelinmuster und bedeutete mir, mich zu ihm zu setzen. Was ich gehorsam auch tat, obwohl es mir nicht gerade Wohlbehagen einflößte, denn auf diesem Sessel landete mein Blick auf den auf dem Rauchtisch thronenden großen Ton-Uhu, der als Rauchverzehrer diente. Vor dem hatte ich Angst, er starrte mich mit seinen blinkenden grünen Augen giftig, wenn nicht sogar angriffslustig, an. Wie sollte ich mich da konzentrieren können? Doch meine Neugier war stärker als die Angst vor dem doofen Vogel. Ich wollte doch alles erfahren. Vater zündete sich seine Casino-Zigarette an und sog den Rauch genussvoll ein, streifte die Asche in den braunen Tonaschenbecher, der ein weiteres Accessoire auf dem gehäkelten Deckchen des Rauchtisches war. Dann deutete er auf einige Fotos, die vor ihm lagen und begann zu erzählen. Dabei schielte ich neugierig auf die älteren, schon etwas verblichenen Fotos.

Es wurde eine längere Geschichte, einige Zigaretten lang:

Als mein Vater ein 14jähriger Bub war, musste er zur Hitlerjugend. Das war damals so, erklärte er mir. Ihm hatte es sogar Freude gemacht, denn er durfte auf dem Chemnitzer Flughafen bei den Segelfliegern mitmachen. Da wurde für ihn ein Traum wahr, denn er hatte schon immer gerne Modellflugzeuge gebastelt. In einem der leichten schwingenden Vögel hoch oben über der Welt zu segeln, das war damals sein Wunsch. Doch ohne Fleiß kein Preis, zuerst stand Bücherwälzen auf dem Plan. Er lernte, wie so ein Flieger die Schwerkraft überwindet und andere physikalische Gesetze. Aber nicht nur sein Kopf war gefragt, auch seine Kraft. Die Jungen zogen die Segler an Seilen, bis die Leichtgewichte sich den Aufwind schnappten und hinein in den Himmel starteten. Ihre Gemeinschaft machte sie stolz, besonders ihre ledernen Fliegerkappen.

Nachdenklich blickte mein Vater auf das Foto, das ihn als einen dünnen Jungen zeigte, der lachend an einem Flugzeug lehnte. Das war kurz vor seiner praktischen Segelflugausbildung. Doch aus Spaß wurde bitterer Ernst; der 2. Weltkrieg.

Mein Vater war glücklicherweise noch zu jung, um im Eilverfahren ausgebildet zu werden, um dann in einem Motorflieger für Volk und Vaterland in den Krieg zu müssen. Wie war ich doch erleichtert, als ich das von ihm hörte, da konnte der Uhu noch so angriffslustig schauen.

Ich erfuhr auch, dass dieser Flughafen, der war, wo wir an der Chemnitzer Stollberger Straße unseren Schrebergarten hatten und wo ich aus luftiger Höhe oben im Apfelbaum, das Ikarus-Gebäude, den Kontrollturm und die Flugzeuge beobachten konnte. Mein Vater hatte mir neben dem Erdbeerbeet einen kleinen Holzflieger mit einem drehbaren Propeller gebaut, jetzt wusste ich auch warum.

Aber, wie kriegt er jetzt die Kurve zum Thema Fahrerlaubnis?

Mutter kam ins Wohnzimmer, wischte sich die rechte, noch etwas feuchte Hand, an ihrer Küchenschürze ab, nahm eines der Fotos und streichelte lächelnd darüber. Dann zupfte sie das Häkeldeckchen auf dem Rauchtisch zurecht und meinte, das Abendessen sei fertig. Ihr Ton duldete keinen Aufschub, sie schnappte sich den vollen Tonaschenbecher und eilte schnellen Schrittes in die Küche. Ich fasste Vater an der Hand, um noch schnell Antwort auf meine Ausgangsfrage zu bekommen. Irgendwie wirkte er erleichtert, dass ihm jetzt kaum Antwortzeit blieb und meinte lakonisch: „Petra, bei den langen Wartezeiten auf ein Auto, da lohnt es sich doch gar nicht, eine Fahrprüfung abzulegen". Schließlich fügte er noch hinzu, dass so ein Gefährt vom Preis her nicht in unserem Budget läge. So richtig zufrieden war ich mit dieser Antwort nicht, aber die Aufforderung: „Ab in die Küche, das Essen wird kalt." ließ ich mir nicht zweimal sagen, zumal es verführerisch nach Sauerbraten, Rotkohl und grünen Klößen duftete; meinem liebsten Sonntagsessen. Nun gut!

So viele andere Dinge und Begebenheiten passierten in meinem Kinderleben und ich dachte überhaupt nicht mehr an diese Geschichte. Lange, lange Jahre nicht. Erst wieder, als meine Mutter und ich nach dem Tod meines Vaters seine persönlichen Lebenserinnerungen sortierten, fiel mein Blick wieder auf diese vergilbten Fliegerfotos. Wir beide erinnerten uns an das Gespräch damals im Wohnzimmer und diesmal erfuhr ich die ganze Wahrheit. Ich konnte es kaum glauben und es war auch nicht zu glauben. Mein Vater hatte bei seiner praktischen Fahrprüfung die Bremse mit dem Gaspedal verwechselt. Durchgefallen! Wie bitte? Mein Vater, das Ingenieur- und Technikgenie, der ein Auto zerlegen und wieder zusammenbauen konnte? Statt zu bremsen und abzubiegen, ist er in ein Telefonhäuschen gebrettert. Oh, Gott! Aber zum Glück war außer Blech- und Glasschaden nichts passiert, die Autos waren damals noch nicht aus Pappe. Ende gut, alles gut. Aber das war auch das Aus für meines Vaters Fahrkünste. Er nahm Abstand von weiteren Fahr- und Prüfungsversuchen.

Ich kann verstehen, dass er mir das damals nicht erzählen wollte, schon wegen der "Vorbildwirkung" und so weiter. Unter Tränen musste ich ein wenig lächeln, als ich das alles hörte.

# Hirschkäfer

Vorsichtig setze ich meinen Fuß neben einen rotbrauen Hirschkäfer. Ein stattliches Exemplar, eben ein Männchen, zu erkennen an seinem imposanten Geweih. Seine Hauptflugzeit ist jetzt, mitten im Juni und er spaziert ausgerechnet hier mit mir auf dem Eifelrundweg. Sein Körper glänzt im Sonnenlicht, als er sich langsam zum schattigen Eichenwäldchen bewegt. Ich schaue ihm nachdenklich zu. Solche auffälligen Käfer gibt es leider nicht mehr oft zu beobachten. Sein Lebensraum wird durch uns Menschen mehr und mehr gefährdet und er steht deshalb unter besonderem Schutz. Dieser Lucanus cervus, wie er auf Latein heißt, lässt mich lächeln und an eine längst vergangene Begebenheit denken.

Ich bin um die 16 Jahre jung und Schülerin der „Penne", der erweiterten Oberschule, in Meißen. Wieder so ein DDR-Begriff, um diese Schule nicht Gymnasium nennen zu müssen, was doch kapitalistisch ist und folglich nicht gut für uns. Neben unserer Hauptfremdsprache, dem Russisch, darf ich als 2. Fremdsprache Englisch lernen. Der alte Herr Knoch, mein Englischlehrer müht sich redlich, uns London, die roten Telefonhäuschen und die Greenwich-Zeit nahezubringen, obwohl er das alles selbst nie in Natura sah. Ist ja klar in unserem Mauerstaat. Deshalb greift er gern zur „Po Swetu", einem russischen Sprachmagazin, das übersetzt „Durch die Welt" heißt. Es hält erstaunlicherweise je vier Seiten für den englischen und französischen Sprachunterricht bereit. Die Rätsel, Sprachübungen und Tests helfen uns, etwas Lebendigkeit in die graue Theorie zu zaubern und uns Lust auf Sprachen zu machen. Das ist nicht gerade einfach, denn wir ahnen, dass wir nicht mal eben auf einen Plumpudding oder auf Fish and Chips auf dieser Insel aufschlagen können.

Aber gut, wir machen gerne mit und lösen mit großer Hilfe-
stellung unseres Lehrers ein Preisrätsel im Klassenkollektiv.
Jeder reicht es per Brief als sein Ergebnis ein. Nach einem
Vierteljahr, keiner denkt noch ans Preisausschreiben, halten
wir die neue Ausgabe des Blattes in der Hand. Ein Raunen,
ein Aufschrei, denn ich bin eine Preisträgerin und habe ein
Buch gewonnen. Mein Name und meine gesamte Anschrift
sind zu lesen. Nichts Außergewöhnliches, denn Daten-
schutz gibt es im Sozialismus nicht. Jeder von uns ist so
durchsichtig wie eine frisch geputzte Fensterscheibe.

Ich warte jetzt auf meinen Preis, der auch wenige Tage später eintrifft und kurz darauf noch ein Brief. In Schönschrift
ist Fräulein Petra Z. darauf geschrieben und Meißen ist sogar mit dem Lineal unterstrichen. Ein gewisser Gerald Nigrini aus Tharanth hat mir geschrieben. Er hat die Erklärung,
warum dieser Brief, gleich mit der Niederschrift seines Le-
benslaufes verbunden. Er findet es toll, dass ich ein Eng-
lisch-Talent sei, deshalb möchte mich der junge Mann, der
eine Klassenstufe älter als ich ist und in seiner Freizeit Insek-
ten sammelt, sogar aufspießt und katalogisiert, kennenler-
nen. Nach seinem Ehrendienst bei der Nationalen Volksar-
mee möchte er an der TU Dresden Forstwirtschaft studieren.
Jetzt weiß ich alles und meine gesamte Familie natürlich
auch, denn der Brief ging durch viele Hände. Mein Vater ist
begeistert, dieser neue Bewerber kommt ihm sehr gelegen,
nachdem ich meinem Jugendfreund Gerold die Gunst ent-
zog. Also denkt er sich über meinen Kopf hinweg etwas aus.
Wenige Tage später steht auf unserem Tisch im Wohnzimmer ein winziges Terrarium aus Plexiglas, von ihm gebastelt. Drinnen in der grünen, üppigen Pappfauna sitzt ein
goldbrauner Hirschkäfer neben einem roten Marienkäfer,

beides Schokoladenfiguren aus unserem tschechischen Bru-
derland. Mein Vater schaut beifallsheischend und bittet
meine Mutter alles zu verpacken. Es soll den Weg zu Gerald
dem Insektenkundler antreten. Mir ist das peinlich, aber
mein Vater hat sich in diese Idee verbissen. Ein Dankesbrief
ist das Echo darauf und Herr Nigrini kündigt für den Sonntag seinen Besuch an. Große Freude bei den anderen und ich
muss ihn vom Bahnhof abholen. Da steigt er aus dem Zug,
er sieht aus, irgendwie wie zu heiß gewaschen und etwas
farblos. Nur seine Haare, sorgfältig nach hinten gestriegelt,
sind glänzend und riechen stark nach Klettenwurzelöl. Ich
bin nicht einmal erstaunt, genauso habe ich ihn mir vorgestellt. Zu Hause die obligatorische Musterung beim Kaffee-
trinken. Wie jedes Mal bei männlichem Besuch, der irgendwas mit mir zu tun hat oder der es zumindest sollte. Mein
Vater ist begeistert, die beiden unterhalten sich gut. Ich sto-
chere im Kuchen, mir ist der Appetit vergangen. Aber das
schlimme Ende soll noch kommen. Mein Vater zeichnet
meine Talente in schillernden Farben, besonders mein Faible
für Geschichte. Der Insektenkundler greift nach diesem
Strohhalm und bittet um eine historische Stadtführung. Er
schaut mich dabei liebevoll an. Ich ahne schlimmes. Ich
möchte nicht mit diesem Mann allein rund um Burg und
Dom tigern. Als er endlich mal das Bad aufsucht, frage ich
meine Schwester, besteche sie mit meiner polnischen Haar-
spülung, die ich ihr zähneknirschend überlasse, damit sie
uns auf der Stadtbesichtigung begleitet. Mein Besuch ist
nicht sehr begeistert und trottet neben uns her. Es ist schon
ein langes Wegstück vom Triebischtal bis zur Albrechtsburg. Aber er hält gut mit unserer raschen Schrittfolge mit.
Ausdauer hat er und tut zumindest sehr begeistert, als ich

ihm die Historie meiner Stadt erkläre. Nur mit meiner jüngeren Schwester pflegt er keinerlei Konversation und sie sagt auch nicht viel. Nur, dass sie Käfer eklig findet und dass unsere jüngste fast mal einen Mistkäfer verschluckt habe. Aber all das schreckt Gerald nicht ab, er plant einen weiteren Besuch bei mir und will dann sogar mit dem Insektenkescher und natürlich mit mir auf Pirsch durch unseren Triebischtal-Stadtwald gehen.

Dann schaut er auf die Uhr und bemerkt zum Glück, dass sein Zug bald abfährt. Meine Schwester verabschiedet sich von ihm, wirft mir einen Blick zu, den ich als Erleichterung deute und ergreift die Flucht. Mir bleibt die freudige Aufgabe, ihn zum Bahnhof zu begleiten. Er schildert unser Treffen in den schönsten Farben und bittet mich, besonders meinem Herrn Vater beste Grüße auszurichten. Er malt unsere nächste Begegnung in den schönsten Farben und lädt mich nach Tharanth ein, wenn es mein Familienoberhaupt erlaubt. Ich nicke nur und denke, was kommt jetzt noch alles auf mich zu. Doch glücklicherweise kommt der Zug aus Nossen herangerollt. Gerald drückt meine Hand und schaut mich mit seinen Glubschaugen treuherzig an. Ich weiß, ich bin sehr hartherzig, wenn ich jemanden so gar nicht mag. Endlich steigt er in den Zug und ich wische mir meine Hand am Kleid ab, nicht sehr damenhaft. Aber es muss sein und ich atme auf. Dann sehe ich meinen scheidenden Gerald, der das Abteilfenster öffnet und mit einem großen, weißen Taschentuch winkt.

Nur gut, dass ich mutterseelenallein auf dem Bahnsteig stehe. Keiner sieht mich zum Glück. Dann ist der Zug weg. Ich beschließe auf dem Heimweg, ihm einen Brief zu schreiben. Das habe ich auch getan. Irgendwie habe ich es hingekriegt, ihm eine Notlüge aufzutischen. Ich habe einen Freund vorgeschoben, ich wollte ihm nicht sagen, dass ich ihn so gar nicht mag, ihn und seine Krabbeltiere.

Meinem Vater wundert es nur, dass dieser nette, junge Mann sich nie wieder bei mir meldet und zweifelt an seiner Menschenkenntnis.

Das Buch, das ich damals als Preis erhielt, ist von Upton Sinclair 1906 geschrieben. Über einhundert Jahre später ist „Der Dschungel", ein Roman über die Schlachthöfe von Chicago, die Zustände darin und die Ausbeutung der Einwanderer, die dort schufteten, leider wieder brandaktuell.

Auch diese Zeitschrift „Po Swetu", existiert noch. Heute sieht sie sich als eine Hilfe, um Brücken zwischen Aussiedlern aus Russland und ihrer neuen Heimat zu bauen.

# Red Bull

Der Wind treibt dürre Blätter und kleine Papierschnipsel vor sich her. Es war nicht wie Sommer, damals mitten im August. Meine Füße in den rosafarbenen Snickers, der einzige Farbtupfer an diesem Tag, brauchen die Befehle aus dem Gehirn eigentlich gar nicht. Sie tippeln zielgerichtet in Richtung Innenstadt. Auch der Kreisverkehr ist rund und nicht eckig. Alles wie immer. Dienstagstristesse! Da steht die Telefonzelle mit der zerschlagenen Scheibe; drinnen das Kabel das traurig im Wind schwingt, denn sein Kumpel, der Hörer liegt enthauptet auf dem schmutzigen Boden. Was blinzelt mir da aus der Schnittgerinne zu? Es ist eine verbeulte Getränkedose. Ihre blau-rot-gelb-silber Farbe zieht meinen Blick an. Zwei Stiere liegen kampflos und ermattet im Straßendreck. Das stolze Logo dieser Red Bull Dose fühlt sich da gar nicht wohl. Ich gehe gefühllos an ihr vorbei, ihr Schicksal lässt mich ziemlich kalt. Aber das dachte ich nur, denn plötzlich, ich war längst einige Schritte weiter, sprach mich ein etwas blechern klingendes Stimmchen an:

*„Du hast doch sicher nichts dagegen, wenn ich dir auf dem Weg zum Wochenmarkt meine Geschichte erzähle."*

Ich schaue mich um, aber da ist niemand und doch plappert es weiter:

*„Mein Gott ist das anstrengend und einen Drehwurm bekomme ich auch. Worauf habe ich mich nur eingelassen? So begann das damals als ich in einer riesigen Weißblechrolle das Licht der Welt erblickte. In meiner Geburtsurkunde steht Thyssenkrupp Rasselstein in Andernach. Stolz bin ich und alle meine Geschwister dieser besonderen Charge, wir sollen nämlich Dosen werden. Bis es soweit sein wird, lassen wir uns in der Qualitätskontrolle durch-*

*leuchten, ob wir okay sind und überlegen dabei, was in uns so plät-*
*schern wird. Ich tendiere zu Cola Zero, denn ich meine, dass mir*
*das am besten steht und überlege, wer dann aus mir trinken wird.*
*Ich wünsche mir, dass das ein schönes und super dünnes Model*
*sein wird. Abrupt werde ich aus meinen Träumen gerissen und*
*erhalte nur einen Katzensprung weiter in der Firma Bell Packa-*
*ging meine Dosengestalt und die Sonderbehandlung als Lebens-*
*mittelverpackung. Hoffentlich geht es jetzt auf ein Rheinschiff. Ich*
*möchte, bevor ich im Supermarkt oder so, in einem Regal stehe und*
*darauf hoffe, im Einkaufskorb dieser Traumfrau zu landen, unbe-*
*dingt Boot fahren. Der Rhein soll so schön sein, besonders die*
*Fahrt an den Burgen und Weinbergen vorbei. Ich werde gerüttelt*
*und lande in einem Container, der auf einen riesigen LKW mit*
*Hänger verladen wird. Aus, der Traum, ich luchse auf die Fracht-*
*papiere und erstarre, es geht nach Österreich nach Nüziders im*
*Vorarlberg. Nicht Cola, sondern Red Bull soll in mir blubbern.*
*Auf der langen Fahrt quer durch Deutschland habe ich genügend*
*Zeit traurig darüber zu sein, dass ich bald mit einer geballten La-*
*dung Koffein und gespickt mit allerlei anderen geheimen Inhalt-*
*stoffen, befüllt werde. Von der Landschaft bekomme kaum etwas*
*mit, denn meine Hände wischen ständig die großen Tränen an der*
*Verpackungsfolie ab, die zum Glück sehr reichlich um mich gehüllt*
*ist. Trotz Tränenschleier und Schluchzen bemerke ich glücklicher-*
*weise ein Wispern um die Ecke. Zwei andere Dosen wissen mehr.*
*Von ihnen erfahre ich, dass die Behandlung in der Firma Rauch*
*Fruchtsäfte gar nicht so schlecht sei. Die beiden machen die Fahrt*
*nämlich schon zum zweiten Mal, ein Teil in ihnen ist recycelt. Sie*
*kennen das alles schon und schwärmen von den leckeren, bunten*
*Früchtchen, die dort in anderen Getränken landen. Auch das Red*
*Bull hätte so seinen Reiz. Es macht sogar kleine Dosen selbstbe-*

*wusst, versichern sie mir. Das gibt mir Zuversicht und ich schlu-cke die letzten Tränen runter und streiche mir über meine schlanke Form. Eigentlich bin ich doch ein toller Hecht.*

*Nach der Ankunft geht alles schnell. Wir werden gebraucht. Za-ckig ist die Befüllung und wir stehen alle aufgereiht wie die Solda-ten vorm Manöver. So soll es sein. Jetzt bin ich echt neugierig, auf alles, was kommt. Die Mixtur zischt mit Karacho in meinem Bauch und die Probiertropfen schmecken mir nicht schlecht. Gut gefüllt, gut verschlossen geht es auf den Rückweg. Ich bekomme noch mit, dass es nach Nordrhein-Westfalen, also nach Deutsch-land geht. Da bin ich erleichtert, denn schon in Österreich hatte ich Probleme, den Dialekt zu verstehen. Auf der Fahrt, die ich dies-mal genieße, schaue ich mir die schöne Landschaft an und flirte mit einer sexy und gertenschlanken Red Bull Zero-Lady. Glückli-cherweise landen wir beide hier in Düren im REWE Markt. Doch leider nicht nebeneinander, meine Bekanntschaft kommt in den Getränkekühlschrank vorn neben der Kasse und ich ins normale Regal. Hier endet also unser kurzes Techtelmechtel, schade. Kaum stehe ich hier und will mir es gerade etwas bequem machen, da werde ich von einer Hand unsanft in einen Einkaufswagen zu ei-ner Wodkaflasche, Chips, einem Glas Gewürzgurken, abgepacktem Brot und einer ganzen Fleischwurst befördert. Ich zuckle über das Kassenband, werde gescannt und lande unsanft in einer Plas-tikeinkaufstüte. Jetzt habe ich endlich Zeit mir den Käufer zu be-trachten. Na, ja, eigentlich habe ich auf die Märchenprinzessin ge-wartet und jetzt ein unrasierter Typ, nicht gerade meine erste Wahl. Aber warten wir mal ab. Wir gehen bis zu einem Park. Heute weiß ich, dass das der Konrad-Adenauer-Park ist. Mein Käufer trifft sich hier mit ein paar Kumpels, die ein Picknick ver-anstalten. Sie sitzen auf einer Bank, essen, trinken und sind in Feierlaune. Die Flaschen kreisen. Mittlerweile ist es dunkel gewor-den und mir ist so gar nicht wohl, wie es jetzt weitergehen wird.*

*Mein Gefühl sollte mich diesmal wieder nicht trügen. Die Essens-*
*reste fliegen auf den Rasen, auch die leeren Flaschen und die Plas-*
*tiktüte. Nur ich und die letzte Schnapsflasche werden als Wegzeh-*
*rung für gut befunden. So geht es in Richtung Kreisverkehr. Jetzt*
*bin auch ich fast leer und ahne fast, was jetzt kommt. Und richtig,*
*unsanft lande ich im hohen Bogen im Dreck der Schnittgerinne,*
*trotz meines Pfandwertes. Mein Hinterteil ziert heute noch eine*
*kleine Beule. Du kannst dir sicher vorstellen, dass ich alle Hoff-*
*nung verloren habe. So lange Zeit liege ich schon hier. Deshalb*
*wollte ich dir so gerne meine traurige Geschichte erzählen, damit*
*wenigstens du mein Leben kennst," weint die kleine Dose aufs*
*Neue.*

Mittlerweile bin ich gedankenverloren mit meinen Einkäu-
fen vom Wochenmarkt wieder bei der Telefonzelle am
Kreisverkehr gelandet. Und nehme mir ganz fest vor, die
traurige Dose aus ihrer schlimmen Lage zu erlösen. Ich
staune nicht schlecht, was jetzt geschieht. Ein Dienstags-
wunder! Ein älterer Mann mit einem Jutebeutel in der Hand
bückt sich und hebt die sprechende Dose auf. Seine Finger
wischen den Dreck und Staub von ihr. Das sieht fast so aus,
als würde er sie zärtlich streicheln und beruhigen. Alles
wird gut, kleine Dose, du brauchst nicht mehr traurig zu
sein, scheint er zu flüstern. Er packt sie in seinen Beutel, in
dem weiteres gestrandetes Pfandgut liegt und geht weiter,
schnurstracks zur Tankstelle gegenüber vom Kreisverkehr.
Ich erahne, was jetzt kommt und freue mich. Ein zuversichtlich klingendes blechernes Stimmchen meldet sich zurück:

*"Hallo, große Freundin und Vertraute meines bisherigen Lebens,*
*ich bin so glücklich. Mein Retter hat mich abgegeben und sogar 25*
*Cent für mich bekommen. Jetzt liege ich mit vielen weiteren vom*
*Leben gebeutelten, klebrigen Dosen in einem Sack und warte auf*

*ein neues Leben. Eines weiß ich ziemlich genau, bei mir gibt es nun ein recyceltes Leben. Meine Hoffnung als Cola-Zero-Dose wiedergeboren zu werden, ist ungebrochen groß. Ich spüre schon die zarten Hände des super dünnen wunderschönen Models auf meinem polierten Körper. Wie sie mich mit großem Appetit austrinkt, ohne auch nur einen Tropfen zu vergießen."*

Ich sage meiner kleiner Freundin Tschüss und wünsche ihr viel Glück. Eine Antwort erhalte ich darauf nicht mehr....

Was so ein normaler Dienstag im August so alles parat hält.

# Moskaureise

Wochenende, der frischgebackene Kuchen duftet verlockend, das Sonntagsgulasch blubbert sanft auf dem Herd und Vati kommt von seiner Arbeitswoche in Meißen nach Hause. Wie immer; die Begrüßung und sein Streicheln auf meinem Kopf gegen die so gut in Form gebrachten Ponyfransen. Irgendwas ist aber anders, er ist so anders. Nach dem Abendbrot dann die Auflösung. Mein Vater ist Reisekader fürs sozialistische Ausland. Er darf zum Freundschaftsbesuch in die Sowjetunion, ins Partnerkombinat. Er wird in einigen Wochen ab Berlin Schönefeld nach Moskau fliegen. Mutti und Oma sind überrascht. Die beiden Frauen denken zuerst ans praktische, denn ein neuer Koffer muss her: "Mit dem alten verbeulten kannst du doch nicht dorthin fliegen." Vati fragt, was er denn von den Rubeln, die dann von seinem Reisegeld übrigbleiben könnten, mitbringen solle. Ich möchte ein Buch, Schwester Ulrike weiß nicht was sie sich wünschen soll. Meine Mutti druckst mit glänzenden Augen um den heißen Brei: "Ein Kettchen aus russischem rotem Gold, das wäre schön". Ein paar Wochen später ist es dann soweit, der Tag der Abreise ist gekommen. Vati küsst uns alle, streichelt natürlich wieder falschherum meinen Pony und nimmt seinen neuen Koffer. Schick sieht er aus, im gestreiften Anzug mit Krawatte und am Jackenrevers das blinkende Parteiabzeichen. Jetzt kann er gut zum Bruderbesuch in das große, weite Sowjetland aufbrechen. Vierzehn Tage sind es ohne Vati und ohne jede Nachricht von ihm.

Und dann heißt es nach zwei Wochen, Vati kommt heute aus Moskau zurück. Da ist die Freude groß. Was er wohl alles erlebt hat in dem Land, das doch so groß und schön und so ein Vorbild für uns ist. Es klingelt und da steht er. Er sieht aus wie immer, nur der Koffer scheint etwas ausgebeult zu sein. Das liegt sicher an den vielen Geschenken, die er für uns aus Moskau mitbringt. Und wie vor der Reise streichelt Vati wieder über meinen Pony. Alles wie immer, oder doch nicht? Denn nach den Begrüßungen sagt Mutti: "Weihnachten ist zwar erst in vier Wochen, aber ich habe hier schon mal unser aller Weihnachtsgeschenk, aus Freude darüber, dass der Vater wieder zu Hause ist." Sie führt uns ins Wohnzimmer, das sonst nur zu seltenen Anlässen benutzt wird. Hinten im Erker steht links, zu unser aller Überraschung, tatsächlich ein Fernsehgerät. Ein riesiger brauner Apparat auf einem Schränkchen mit Glasschiebetürchen, Fernsehtisch genannt. Einen Fernseher, wie hat Mutti das nur geschafft? Aber ja, sie war früher Verkäuferin im Konsum und kennt eine, die wiederum eine kennt, die bei der HO (Handelsorganisation) beschäftigt ist. So ist das bei uns in der DDR. Beziehungen und Einfallsreichtum sind das A und O, um sich manches, was nicht auf dem Ladentisch zu bekommen ist, zu beschaffen. Oben auf dem Fernseher, auf einem gehäkelten Deckchen, stehen eine Bastgiraffe und ein komisches Drahtgebilde, die Antenne. Sofort wird diese so gedreht, dass ein Bild zu sehen ist. Etwas verschwommen ist es und auch der Ton aus dem Kasten ist noch etwas dumpf. Das ändert sich erst, als Tage später eine große Antenne hoch oben auf dem Hausdach thront, und zwar in der richtigen Ausrichtung. Irgendwie haben die Erwachsenen über die unerwartete Fernsehfreude etwas aus den Augen verloren. Die Geschenke aus Moskau, die Geschenke! Dann öffnet Vati endlich den Koffer. Für die beiden braven Kinder gibt es zuerst große glitzernd goldene Taler mit dem Sputnik darauf. Im Goldpapier verbirgt sich Schokolade, die ganz hell ist und auch ganz anders schmeckt, viel süßer als unsere, die wir kennen. Ein Aufziehhühnchen aus Blech, das mit dem Schnabel nach Essen auf unserem Küchentisch sucht, ist für meine kleine Schwester. Ich bekomme das gewünschte Buch und freue mich sehr auf die Abenteuer von "Hündchen und Kätzchen". Und noch ein Kinderbuch für mich. "Das goldene Schlüsselchen", geschrieben von dem berühmten russischen Dichter und Schriftsteller Lew Tolstoi, hat den weiten Weg von Moskau bis zu mir gefunden. Ich bin sprachlos vor Freude und will eigentlich nur noch lesen. Aber das ist noch nicht alles.

Endlich holt Vati ein längliches braunes flaches Kästchen aus dem Koffer. Für Mutti, der heißersehnte Schmuck, das güldene Kettchen? Muttis Augen glänzen vor Erwartung. Sie öffnet vorsichtig die Schachtel und der Glanz in ihren Augen verfliegt. Ein klimpriges buntkupfriges Armbändchen kommt zum Vorschein. Auf den einzelnen Gliedern sind die touristischen Sehenswürdigkeiten von Moskau abgebildet: Roter Platz mit Mausoleum, der Fluss Newa mit Booten, der Kreml und und und. Tapfer lächelt Mutti die Enttäuschung weg.

Aber noch ein Teil erfordert ungeteilte Aufmerksamkeit. Eine Flasche Krimsekt, eingewickelt in Handtüchern, hat den Flug unbeschadet überstanden und findet auch noch den Weg auf den verfrühten Gabentisch. Sie wird allerdings erst zum Jahreswechsel geöffnet. An Silvester bekomme ich sogar ein winziges Schlückchen vom Krimsekt zum Kosten und darf mit auf das neue Jahr anstoßen.

# Toskana

Toskana, das wäre schön. Mittelitalien mit seiner Hauptstadt Florenz im Herzen. Entzückendes Renaissance-Sahneschnittchen. Da komme ich ins wohlige Träumen und sehe schon in Gedanken von Michelangelo in Stein gehauene Traumkörper antiker Götter und hoch gebaute Kathedralen. Ich schnuppere schon den Duft dieser Landschaften, beginnend bei den Apenninen, über Strände der Insel Elba am Tyrrhenischen Meer und ganz besonders die Olivenhaine und langgezogenen Weinberge der Chianti-Region.

Danke, Facebook, du hast es mal wieder geschafft, mir an einem grauen Tag, Stoff zum Träumen auf meinen Laptop zu zaubern. Das Stichwort heißt: „Auf mich zugeschnittene Werbung". Der „Bube" weiß ganz genau, wie ich so ticke, dank meiner vielen Likes auf diversen Italien-Seiten, nebst Schlemmerangeboten und Weingütern. Er versteht es eben und heute ganz besonders.

Ich scrolle mich zu einem Urlaub in der Toskana. Mein rechter Zeigefinger kann gar nicht anders, als darauf zu klicken. Ich bin verhext wie eine Schlange vom Klang einer Flöte, nur das ich mich nicht rhythmisch winde, sondern meine Logitech Maus benutze.

Juchu, ich bin im Buntebilderwald meiner Traumlandschaft in Italien, dem gottesgleichen Stück, dass ich noch nicht bereist habe. Ansonsten sind mein Mann und ich bekennende Urlauber dieses wunderbaren Landes. Nur das Fleckchen Toskana ist für uns noch ein grauer, nicht bereister Fleck. Wir werden das schnellstens ändern, das beschließe ich jetzt einfach für uns. Ich beginne die Reiseplanung. Doch vorher ab in die Küche. Um alles ganz echt zu erleben, da brauche ich ein volles Glas Wein, natürlich einen blutroten, feurigen Chianti. Jetzt kann ich beginnen.

Zwei deutsche Reisejournalistinnen machen mir alles schmackhaft. Sie haben sich auf einen Geheimtrip in das kleine idyllische Dorf Montopoli in Val d´Arno, im Innersten der unverfälschten Toskana begeben und haben dort ad hoc gleich eine ganze Woche Urlaubsvergnügen gebucht, eingeschlossen ein Kochkurs und sechs Postkarten nebst Briefmarken, um die Verwandtschaft in Germania zu beglücken. Man höre und staune, sogar Bademäntel, Badeschlappen und ein Teekocher machen dieses Zimmer der Kategorie de Luxe komplett. Diese Herberge erhebt sich majestätisch auf einem grünen Hügel. Von einer hochherrschaftlichen Terrasse mit Skulpturen kann der geneigte Urlauber alles genießen, auch einen Sprung in den angrenzenden Pool. Ein reservierter Parkplatz, nur ein, zwei Schritte neben der Residenz, machen das Komplettangebot noch runder. Mir gefällt es gut, aber vorsichtig, wie eine Reisefüchsin wie ich es nun einmal bin, klinke ich mich hier aus und logge mich in einer mir bekannten Reisewebseite ein. Denn vorsichtig bin ich, kaufe nicht die Katze im Sack, sondern brauche schon entgegenkommende Stornobedingungen, weitere Fotos und nicht zuletzt Meinungen anderer Gäste. Die Fotos hier im Portal sind vielversprechend und mein Mann sitzt mittlerweile auch neben mir, ich habe ihn infiziert, das kann ich gut, dazu habe ich Talent. Wir träumen jetzt gemeinsam weiter und schauen uns die vielen bunten Traumbildchen der Toskana an. Die Zimmerfotos regen fantasievoll an, sich auf eine Reise in vergangene Zeiten einzulassen. Hoffentlich gibt es dort kein Hausgespenst, das um Mitternacht seinen Schabernack treibt. Bei einem der abgelichteten Zimmer stockt mir doch etwas der Atem, als ich das Bett sehe. Aus dunklem Holz ist es und trägt einen hohen Überbau auf gedrechselten Pfosten. Ziemlich imposant, doch es ist eine „klitzekleine" Kleinigkeit, die mich irritiert; um das gesamte Doppelbett rankt sich ein Metall- oder Holzrahmen, das ist nicht eineindeutig auszumachen. Aber höher als die Liegestatt ist er jedenfalls, das ist zumindest klar zu erkennen. Sicherlich wird das kein Gästezimmer sein, sondern eines der vielen historischen Schaustücke in diesem Hotel, ist unser Resümee der abschließenden Bildersichtung. Wir sind gespannt und wollen auf der Stelle 3 Übernachtungen im De-Luxe-Zimmer buchen. Das sollten wir auch schleunigst tun, denn gleichzeitig mit uns stieren und gieren sechs weitere Reislustige auf das allerletzte vakante Doppelzimmer auf der Webseite des Reiseportals. Wir haben es „erkämpft" und buchen gleich munter weiter, denn nach der Toskana begeben wir uns auf bekannte Tour ins friedliche Südtirol. Das alles brauchen wir, im Herbst auf unserer alljährlich letzten Reise kurz vor dem Winter. Aber vorher erstmal auf heißersehnte Entdeckungsreise in die wunderbare Toskana. Wir haben Reisfieber und endlich packen wir unsere sieben Sachen und fahren in Richtung Süden.

Ohne Stau und Stockung erreichen wir München. Nach unserem traditionellen Schweinshaxen- oder Ochsenbrustessen im Augustiner Keller, ein kleines Verdauungsschlendern über den Viktualienmarkt und dann noch zum Olympiagelände, das muss einfach sein. Uns scheint es, als würden vielfältige Empfindungen dieses Sportereignisses für alle Zeit hier weiterleben. Dieses futuristische, architektonische Meisterwerk zeigt eindringlich, was der Mensch zu leisten vermag. An diesem Herbsttag spaziert Alt und Jung, aller Herrenländer mit einer lächelnden Leichtigkeit durch das riesige Areal. Ein gutes Gefühl und ein Versprechen an unser aller Zukunft, so empfinde ich das jedes Mal aufs Neue.

Am nächsten Tag fahren wir in Richtung Österreich und endlich ins Italien. Die Vorfreude ist ein guter Reisekamerad und sie leitet uns ohne Umwege zu unserem Ziel Montopoli in Val d´Arno.

Irgendwie ist aber alles ganz anders als auf den Bildern im Internet. Das Dörfchen hier ist in dieser samstagnachmittäglichen Ruhe so wie jedes typische Dorf in diesem Land, das muss ich schon mal sagen, aber die Landschaft, die erhoffte, die fehlt. Ich erkenne keine Toskana. Auch alle Bewohner scheinen sich verkrümelt zu haben, leergefegte Gassen. Wir finden unseren „Palazzo", nur den angepriesenen Parkplatz nicht. Also laden wir aus und steigen die Stufen hinauf. Eine kleine Klingel steht auf dem Pult an der Rezeption und wir lassen sie bimmeln und bimmeln. Eine uralte Oma schlurft endlich heran und wir erhalten einen riesigen Schlüssel. Ein Mischmasch aus Englisch, Italienisch und etwas Deutsch erklärt uns den Fußmarsch zum Zimmer. Wir erfahren noch, dass der Parkplatz fürs Auto einen Kilometer am Rande des Dorfes neben dem Sportplatz zu finden ist und dass das Restaurant wegen einer Feier heute Abend geschlossen ist. Aber am Sonntagmorgen würden wir natürlich das gebuchte Frühstück bekommen. Mit diesen Infos ist alles gesagt und die alte Dame schlurft von hinnen. Wir begeben uns auf die Suche nach unserem De-Luxe-Zimmer durch dunkle Flure, knarrende Dielen und ganz viel angestaubtem und verstaubtem Schnickschnack. Wir finden diese Nummer acht, der Schlüssel dreht sich knarrend und genau mit diesem Geräusch öffnet sich auch die Eichentür. Wir sind angekommen und trauen unseren Augen nicht. Es ist das Zimmer mit diesem seltsamen Bett. Es steht leibhaftig vor uns, umgeben von einer hölzernen Umrandung, die einige Zentimeter höher ist als die Matratze. Zwischen dieser Umrandung und der Matratze sind auch noch mehrere Zentimeter Abstand. In das Bett zu "steigen" und auch wieder raus zu kommen, das wird sicher eine Herausforderung. Wir gehen weiter auf Entdeckungstour. Das Bad so klein, kleiner geht nicht. Auch alle Extras wie Bademäntel und Teekocher, Fehlanzeige. Aber darauf kann ich allemal verzichten. Überhaupt, wie soll ich diese Nacht im Folterbett überstehen. Ich wage gar nicht weiter darüber nachzudenken. Ich will nur weg hier, doch wie soll das an einem Samstagnachmittag gehen? Und das mitten in der Toskana. Hungrig gehen wir erstmal weiter auf Inspektion, vielleicht findet sich irgendwo ein Stück Brot und ein Schluck Wein in diesem wirtlichen Haus. Es macht auf den ersten Blick einen guten Eindruck, wenn man jedoch richtig hinschaut fällt auf: Boden auf der Terrasse wohl lange nicht mehr gereinigt und erst mal der angepriesene Pool. Schmutziges Wasser und die zum Pool gehörende Rasenfläche entpuppt sich mehr als ein Acker. Essbares ist nirgendwo aufzutreiben, wenn man von den Krümeln und anderen Resten unter den Tischen im Speisesaal absieht. Also beschließen wir ins Auto zu steigen und nach einem Restaurant zu suchen. Außerhalb des Ortes befinden sich über große Strecken nur Industriegebiete aber kein Lokal oder ähnliches. Toskana, wo hast du dich versteckt? Wir fahren kreuz und quer und bis zur Hafenstadt Livorno. Graue nichtendend wollende Vorstadt mit Lagern, Schrott und alles, was zu einem richtigen Hafen gehört. Aber keine nicht einmal eine klitzekleine Möglichkeit, um das Magenknurren zu beenden. Die Stadt, eine gefühlt nicht enden wollende Einbahnstraße, ohne Möglichkeit ihr zu entrinnen. Beim dritten Mal Durchfahren, entdecke ich an der vielbefahrenen Hauptstraße ein Speiselokal und wir finden auch eine Parkmöglichkeit und endlich dürfen wir uns niederlassen. Wir finden einen Tisch im Garten des Restaurants und inmitten einer Familienfeier. Wir greifen zur Speisekarte und bestellen, was sich alle hier bestellen. Drei Gänge mit Brot, Wein und Wasser. Wir fühlen uns wohl, endlich Menschen, die lachen, schwatzen und feiern. So habe ich mir das Leben in der Toskana vorgestellt, nur dass ich hier in einer kleinen, grünen Oase gleich neben der Hauptstraße gelandet bin. Lecker ist es, ich glaube so gut haben mir Mozzarella, sonnengereifte Tomaten, Basilikum und goldenes Olivenöl lange nicht geschmeckt. Ich tunke das Maisbrot genüsslich ins Öl und trinke den roten Wein dazu. Dann gibt es noch Osso Bucco und ein kleines Dessert. Ein göttliches Mahl, das uns ein wenig mit der Situation versöhnt. Doch wir beschließen Sonntagmorgen gleich nach dem Frühstück unsere kaum aufgebauten Zelte wieder abzubrechen und weiter zu reisen, obwohl wir für 3 Übernachtungen gebucht haben und nicht mehr stornieren können. Egal, wir wollen hier weg.

Über die Nacht in diesem schrecklichen Bett erspare ich mir zu berichten und auch nicht über meine Träume. Am nächsten Morgen gleich nach dem Frühstück, stehen wir an der Rezeption und verlangen die Rechnung. Der Mann hinter dem Tresen schaut etwas verkatert in den Morgen, sicher hat er gestern hier lautstark mitgefeiert und druckt ziemlich unbeholfen die Rechnung aus. Für eine Nacht, obwohl wir doch für drei gebucht hatten. Wir bezahlen bar und verzichten auf das Wechselgeld und bevor der Hotelangestellte seinen Fehler bemerken könnte, sind wir weg. So schnell wie kein Wind jemals durch die Toskana wehen wird, das muss ich hier gestehen. Doch wir haben bereits ein Ersatzziel, Affi nahe dem Garda See, online gebucht, noch am vergangenen Abend über unseren Laptop. Erstaunlicherweise ist die Internet-Leitung im „Quattro Gigli" sehr stabil und schnell. Das Einzige, was in der Hotelkritik positiv von mir erwähnt wurde.

# Mutig

Wir schrieben das Jahr 1960. Es war am 7. September, einem wunderschönen Spätsommertag. Doch das Wetter hätte sich besser mal dem traurigen Anlass anpassen sollen. Aber so viel Macht hatte nicht mal die herrschende Klasse in der Deutschen Demokratischen Republik, also lachte die Sonne, als der erste und einzige Präsident seine Augen für immer schloss. Der Genosse Wilhelm Pieck, der das gesegnete Alter von 84 Jahren erreichte, erhielt ein paar Tage später ein pompöses Staatsbegräbnis, das in Dauerschleife vom Fernsehen der DDR gesendet wurde. In unserem Wohnzimmer stand damals einer der begehrten Fernseher namens „Dürer" und die gesamte Familie saß davor und schaute gebannt auf die feierliche Zeremonie. Meine Schwester Ulrike mit ihren vier Jahren und ich, stolze acht Jahre, Jungpionier und schon etwas mehr übers Staatswesen aufgeklärt, blickten mit großen Augen auf dieses Spektakel. Doch so richtig konnte ich das alles gar nicht einordnen, meine kleine Schwester noch weniger. Oma saß da und schnäuzte in ihr Taschentuch oder weinte sogar. Alles war feierlich und der Präsident sah so lieb aus, wie schlafend lag er in dem großen Sarg. Sein Kopf auf ein Kissen gebettet und auf seiner Brust eine ganze Batterie von Orden. Mann, sind das viele, er hatte ja auch viel für uns alle geleistet, sein ganzes Leben lang für den Frieden gekämpft und jeden Tag für die Freundschaft zum sowjetischen Brudervolk eingestanden. Kein Wunder, dass er jetzt gestorben ist, das kostete doch viele Kraft, flüsterte ich meiner liebsten Oma zu, um sie zu trösten. Da musste sie sogar unter Tränen etwas lächeln. Ulrike wurde das alles langweilig. Sie spielte mit ihrer Holzkasperlepuppe oder lutschte am Daumen. Keiner von den Erwachsenen schien es zu bemerken, sonst wäre sie ermahnt worden, denn Daumenlutscher gibt es nur im Struwwelpeter oder bei Säuglingen. Diese Beerdigung dauerte lang, viel zu lang für uns Kinder. Aber niemanden schien das zu kümmern. Alle starrten auf den Bildschirm. Dann plötzlich ein tränengetränkter Aufschrei meiner Oma: „Jetzt geht der Saarsch ruunder!" Und wirklich, ich musste mir die Augen reiben, denn so etwas hatte ich noch nie gesehen, der Sarg verschwand wie von Zauberhand ganz langsam nach unten. Er war plötzlich weg. Nur der Blumenschmuck und die andere Dekoration blieben stehen. Die Militärkapelle spielte noch einmal Musik und dann wurde in das Studio der Aktuellen Kamera abgegeben.

Jetzt endlich wurde das Essen gekocht. So spät gab es bei uns noch nie die Mittagsmakkaroni mit Tomatensoße. Aber es war ja auch ein besonderer Tag. Meine Mutter hat später noch schnell zu Staubtuch und Mob gegriffen, denn sie ahnte, dass ihre Schwiegermutter, die sehr pingelig war, an diesem denkwürdigen Tag zu Besuch kommen würde. Meine Omi „mit dem schlimmen Knie", wollte sicher von unserem Fernseher aus, ihren Präsidenten in den Himmel steigen sehen und dass bei Kaffee und Eierschecke im frisch staubgewischten Wohnzimmer. Und wirklich, sie kam mit der Straßenbahn, von der Clausstraße mit einmal umsteigen, pünktlich zur Kaffeezeit bei uns angeklingelt. Friedlich saßen wir alle wieder vor unserem „Dürer" und schauten. Alle still, gefasst und mit dem nötigen Ernst bei einer solchen Zeremonie. Sogar Schwesterchen Ulrike hielt durch, bis zu dem Augenblick als der Sarg sich bewegte. Da sagte sie altklug: „Omi, basse ma uf. Glei geht der Arsch runnder..." Nur gut, dass wir unter uns waren!

# Lesung im Stau

Alles zusammenpacken und für ein paar Tage ab in den Kurzurlaub, knapp unter dem blauen Himmel von Südtirol. Vellau, oberhalb von Meran, wartet auf uns oder besser umgekehrt, wir zappeln innerlich vor Vorfreude. Der kleine Koffer und die Reisetasche sind schnell gepackt. Dieses Mal zu den üblichen Siebensachen und dem Tablet noch ein Probedruck „Vom Ossi zum Wessi", der ganz frisch geliefert ist und noch nach polnischer Druckerschwärze riecht. Er kann in stiller Bergeinsamkeit redigiert oder korrigiert werden. Aber auch nur vielleicht, denn es steht alles in den italienischen Urlaubssternen.

Die Tage sind jetzt im September schon merklich kürzer. Der Wecker rasselt gegen 4 Uhr ohne den kleinsten Schimmer von Morgengrauen. Als wir eine gute Stunde später ins Rollen kommen, zeigt sich am Himmel schon ein kleines Fetzchen Helligkeit. Wir sind hellwach und freuen uns. Alles ist gut verstaut. Die Kühltasche ist mit Proviant gut gefüllt und griffbereit. Ich bin die Herrscherin über Bifis, Sandwiches, Cappuccino-Kaltgetränken, Gummibärchen und allem, was eine Reise von der deutschen Raststätten-Tristes unabhängig macht. Frohgelaunt rollt unser Auto gut kennend seinen Weg über Landstraßen und Autobahnen. Mit mehr als einhunderttausend Kilometern in drei Jahren klappert es nur unaufgeregt kurz mit dem Scheibenwischer, der unterstützt mit einem kurzen Wasserstrahl, den letzten Gruß eines heimischen Vogels entfernt und brummt zufrieden davon. Es rollt gut, die Straßen sind an diesem Dienstag noch sehr einsam. Da ein Auto, dort ein Lastzug, sogar meinen Lieblings-Lkw mit der lachenden gelben Sonne bekomme ich in der Frühe schon zu sehen. Dann kann ja gar nichts schief gehen. Es rollt gut weiter, auch noch auf der Autobahn in Richtung

Koblenz und weiter in den Hunsrück hinein. Die muntere Stimme aus dem Autoradio vermeldet zuversichtlich freie Fahrt auf allen Wegen. Wir verspachteln dazu ein erstes Bifi und teilen uns ein Kaltgetränk. Zuversichtlich überschlagen wir die Zeit; mit Tankstopp und ein bis zwei kurzen Rastpausen hoffen wir gegen Mittag in München zu sein. Die Zuversicht ist ein guter Mitfahrer und ein froher dazu. Ich schaue aufs Smartphone, aus Gewohnheit, um auch jetzt nichts Weltbewegendes zu verpassen. Aber ich schaue ins Leere, kein Google und auch sonst geht nichts. Eines der wenigen Funklöcher in unserem so gut internetversorgten Land hat mich mächtig im Griff.

Plötzlich und unerwartet auf unserer Spur und auf der Nebenspur Warnblinkanlagen im Duett, Quintett und so weiter. Ausrollen lassen und Rettungsgasse bilden; das geht ganz automatisch. Dann die nette Stimme im Radio mit der aggressiven Hintergrundmusik, die emotionslos die neuen Verkehrsnachrichten verliest. Wir bekommen jetzt zu hören, dass auf unserer A 61 in der Nacht ein Kieslaster mit Hänger umgefallen ist und seine ganze Ladung auf beiden Fahrtrichtungen verstreut hat. Jetzt ist es schon 7 Uhr. War die Meldung etwa auch verschütt gegangen, sodass wir erst jetzt von der Vollsperrung hören. Wir erfahren, dass wir bis 10 Uhr ausharren müssen. In der Not frisst der Teufel Fliegen, also krame ich den Probedruck aus der Tasche und einen Stift dazu. Wartezeit kann auch sinnvoll genutzt werden. Mein bester Mann und Fahrer macht mir den wundervollen Vorschlag, die Wartezeit zum Training zu nutzen. Er wünscht sich eine Buchlesung, ganz allein für sich. Gesagt getan, ich greife zum Buch und beginne mit der Episode „Angst und Hoffnung". Ich vergesse Zeit und Raum und bin wieder ich, damals. So vergehen zwei Stunden, wir finden zwei Druckfehler und vermissen einen halben Absatz, der irgendwie ins Nirvana gefallen ist. Also hat diese nervige Warterei doch einen Sinn. Mittlerweile steht die Sonne hoch, es wird warm im Cockpit und wir öffnen die Seitenfenster. Draußen verschwinden sich trauende und stauerprobte Lkw-Fahrer über die Leitplanken, um zu pieseln. Zur vollen Stunde wieder die lapidare Radionachricht, unser Stau hat sich noch für Stunden festgefressen. Also Krone zurechtrücken und weiterlesen. Doch meine Stimme und meine Inbrunst muss die Aufmerksamkeit anderer erreicht haben. Sie gesellen sich unverbindlich in unsere Richtung und hören zu. Komisches Gefühl, so eine spontane Lesung mitten im Stau auf einer Autobahn. Ich tue so als mache ich so was täglich und lese weiter. Zwischendurch muss ich ab und zu zum Kuli greifen, um Kleinigkeiten zu korrigieren. Alles so unwirklich und filmreif und 11 Uhr ist es inzwischen auch schon. Bei den letzten Nachrichten schöpfen wir Hoffnung und wirklich, es ruckelt und Schritt für Schritt gewinnen wir an Boden. Meine Zuhörer erfragen den Buchtitel, verabschieden sich und sind in ihren fahrbaren Untersätzen verschwunden.

An der nächsten Abfahrt werden wir von der Autobahn heruntergewinkt und dürfen noch zusätzlich eine einstündige Umleitungsrunde durch klitzekleine, gottverlassene Hunsrückdörfer drehen, deren Namen ich noch nie hörte und in denen ich nicht begraben sein möchte, Haserich, Fischbach oder Abendstern. Aber irgendwie sind wir als inniges Mitglied einer ellenlangen Autoschlange wieder auf einer Autobahnauffahrt in Richtung Fernziel München gelandet. Und siehe da, es geht weiter ohne Stau, nur ab und an etwas zähfließender Verkehr, wie es in Verkehrskreisen so schön heißt. Auch das Internet hält wieder in meinem Smartphone Einzug. Alles gut und endlich gegen 18 Uhr rollen wir in der Bayrischen Landeshauptstadt und in den natürlich typischen Feierabendstau ein. Zwischenzeitlich buche ich über mein Lieblingsreiseportal ein Hotelzimmer. Das Weiterfahren ins Urlaubsziel wollen wir uns an diesem Abend ersparen, denn in Richtung Garmisch würde uns mit Sicherheit die nächste langgezogene Straßenbaustelle mit gehörigem Schleichpotential willkommen heißen.

Also umplanen und unsere Lieblingsmenschen in Vellau anrufen, die sich mit Sicherheit schon um uns sorgen. Ich höre Steine der Erleichterung oben in den Tiroler Bergen zu Boden plumpsen. Sie verstehen, dass wir uns heute nicht mehr auf neue Experimente in Sachen Straßen einlassen.

Wir nutzen die notgedrungene Reiseunterbrechung, um im schönen München ganz zünftig Brotzeit in unserem Stammlokal, mitten in der Stadt, zu machen. Ich mag München mit seinen ehrwürdigen und weltbekannten Bauten, den liebenswürdig auf urbayrisch grantelnden Ureinwohnern und die vielen Gelegenheiten eine Maß echt gutes Bier, das hier die eine oder andere Mahlzeit kalorien- und mengenmäßig ersetzen kann, zu trinken. Ich, die ansonsten bekennende Weintrinkerin, dass will schon was heißen.

Schön ist es nach diesem anstrengenden Tag in der City aus zu baumeln, Stachus, Viktualienmarkt, alles so typisch bayrisch. Was ich vermisse, ist der Bayer an sich. Ich treffe ihn nicht und nicht mal ein paar Fetzen des liebenswerten Dialektes erhasche ich auf der Flaniermeile. Nur gut, dass der

Kellner uns die bestellte geselchte Ochsenburst und das Maß Bier urtypisch kredenzt. Das tut gut in dem ansonsten Multikulti-Stimmengewirr. Gut gestärkt geht es in Richtung Parkhaus. Satt, aber etwas enttäuscht. Sie wissen schon, warum. Aber jetzt geschieht das Münchner Septemberwunder! Ich treffe auf waschechte Seppels und Dirndl in wunderschönen Trachten und Gewändern, inmitten von schönstem weiß blau und in zünftiger Feierlaune. Schaufensterpuppen der Galeria Kaufhof. Die ganze untere Fensterfront ist bereits oktoberfestmäßig dekoriert. Dank des Einzelhandels, der wieder mal der Zeit voraus ist, habe ich doch noch mein Aha-Erlebnis. München ist halt München.

# Tell-Apfel

„Tell-Apfel"? Sie wissen nicht, was oder wer das ist? Also fragen wir mal unseren allgegenwärtigen Freund Google. Das ist etwas Leckeres aus Schokolade. Eine Erfindung der Dresdener Schokoladenfabrik „Hartwig und Vogel", die bereits 1928 sehr werbewirksam eines ihrer zerlegbaren Schokokreationen nach dem schweizerischen Volkshelden nannten. Es waren Tiere, Eier und auch der berühmte Apfel, der nach mehr oder weniger starkem aufklopfen auf dem Tisch in 12 hübsche, mundgerechte Teile zersprang. Auch ich kam als DDR-Kind in deren Genuss, denn diese süßen Leckereien wurden später im VEB „Elbflorenz" Dresden weiter gegossen. Wenn es ihn dann mal im Konsum gab, dass in rotes Glanzpapier gewickelte Äpfelchen mit einem winzigen Stiel und zwei ebensolchen grünen Papierblättern, dann konnte die Zeremonie auf unserem Wohnzimmertisch zelebriert werden. Ich sehe meine Oma auch noch das Glanzpapier gewissenhaft zusammenfalten für eine Weiterverwendung.

All das kam mir letztes Weihnachten wieder in den Sinn als ich ein kleines Geschenk bekam, das „Grand Ferrero Rocher – Frohe Weihnachten". Eine goldpapierene Weihnachtskugel mit hübscher rotgoldener Schleife. Es stand die ganz Zeit als Zierde bei den anderen Süßigkeiten auf dem Süßigkeitenteller. Aber dann musste es geschehen, es sollte zerlegt werden. Irgendwie hat es mich da schon etwas an meine Kindheit erinnert und an den Tell-Apfel.

Also entferne ich das Goldpapier. Das ist schwierig und für eine spätere Wiederverwendung nicht geeignet. Doch es ist noch nicht vorbei, vor mir liegt ein braunes Plastik-Ei. Die nächste Herausforderung; wie bekomme ich das auf. Nach einiger Zeit gelingt mir das und ich habe jetzt ein weiteres Ei, aus leckerer Rocher-Schokolade. In ganzer Schönheit, ohne Reißverschluss oder irgendwelche andere Hilfestellungen, muss ich es in Stücke zu bekommen. Ich greife es mir und schlage es entschlossen kurz auf den Tisch. Geschafft! Ich kann es in Stücke brechen und finde drinnen nochmal gut verpackt zwei Rocher Kugeln. Ein hübsches Geschenk, das muss ich schon sagen, auch in Zeiten der Nachhaltigkeit.

Ich sehe meine verstorbene Oma traurig und auch etwas missbilligend ob dieser Verschwendung, oben im Himmel ihren Kopf schütteln.

# Georg

Ein verregneter Tag im endenden September 2019. Ich glaube der Monat hat sich gedacht, ich zeige den Leuten schon mal, wie November gehen könnte. Ich jedenfalls habe mich in eine dickere Übergangsjacke gehüllt und ein buntes Tuch, um das Grau da draußen zu überlisten, zweimal um meinen Hals geschlungen, bevor ich zaghaft in Richtung Kreisverkehr tippele. Aber sogar die unerschrockenen Radfahrer haben sich heute eine Pause gegönnt, oder strampeln ihre Kilometer zu Hause besser im Trockenen auf dem Trimm-Rad ab. Gut für mich, ich schaffe meinen Weg ohne Slalom oder auf die Seite springen zu müssen bis zum Adenauer-Park. Das Laub raschelt unter meinen Füßen. Die Regentropfen, die jetzt wieder mehr werden und trommelnd auf dem Boden ankommen, versuchen dort schnell eine enge Bindung mit Staub und Vogeldreck einzugehen. Am Park stehen seit kurzem hohe Drahtzäune, er ist Sperrgebiet. Er soll bis weit ins neue Jahr hinein ein neuer werden, wie das riesige Plakat an der Seite verspricht. „Eine neue grüne Lunge" in unserer Stadt. Für die Hundehalter, Jogger und Parkbanksitzer wird das eine lange und traurige Zeit, denn sie müssen sich Ausweichmöglichkeiten suchen und das ist nicht ganz so einfach. Bagger und andere Geräte sind jetzt am Morgen schon im Großeinsatz, um ihre Arbeit zu verrichten. Einiges haben sie schon geschafft oder ist ihnen unter die großen Schaufeln gekommen.

„Ja, so ist es", erklärt mir der ältere Mann, seines Zeichens Besitzer des Minizeitungslädchens, das sich an den Park schmiegt. „Die beiden Treppenaufgänge, die in den Park führen, die werde ich sehr vermissen. Die habe ich seit 1984 fast jeden Tag gekehrt oder den Schnee von ihnen weggefegt", sagt er und wischt sich eine Träne aus den Augenwinkeln. Jetzt will ich mehr wissen. 1984, das ist doch auch ein bedeutendes Jahr für mich. Damals sind mein Mann, mein kleiner Sohn und ich mit der Ausreisewelle aus der DDR in den Westen geschwappt. Lange ist das her, doch immer wieder gibt es Verbindungen in diese Zeit und jetzt hier in der Nordeifel wiederum. 35 Jahre, die so viel in sich bündeln. Also beschließe ich etwas Zeit einzuplanen, um seine Geschichte zu hören, denn es interessiert mich sehr. Der Regen tropft und so bedeutet er mir, mit in sein Geschäft zu kommen. Ich gestehe, in den fast fünf Jahren hier in dieser Stadt bin ich immer achtlos daran vorbeigegangen oder habe mich gewundert, dass so ein winziges Büdchen seinen Besitzer ernährt. Ein winziger Raum ist es, gekonnt oder aus der Not heraus geboren, mit Zeitungen und Zeitschriften tapeziert oder bepflastert. Sogar Bücher kann ich entdecken, Krimis von Andreas Fitzek und Co, sehe ich neben Bild-Zeitung, Lisa, oder Wohnen im Grünen.

Ja, damals 1984 hat Georg, wie der Besitzer sich mir vorstellt, hier begonnen. Damals war das Geschäft blühender und lohnender. Die Bildzeitung kostete 4 Groschen und das Geld hat sich nicht so fest in der Börse versteckt. Es saß lockerer, wurde bereitwillig für Lesestoff, Süßkram, Rauchwaren und ab und an für einen „Kurzen", egal ob Likör oder Magenbitter, über die Theke gereicht. Gratis gab es dazu den neuesten Tratsch, manch Ratschlag oder praktische Hilfe. Das war Nachbarschaft und das Internet schnappte sich noch nicht seine Kunden. Der Normalo-Bürger schlurfte noch jeden Tag zum Kiosk, auch an Sonntagen. Hochkonjunktur also. Das Wechselgeld wurde großzügig darin angelegt, um Kindern eine kleine Freude zu machen. Die älteren Dürener erinnern sich noch gerne daran. Auch der Besitzer des Lädchens streicht wehmütig über die Plastikschälchen mit süßsauren Kinderfreuden, die er noch heute an die jüngere Laufkundschaft verschenkt. Ihm tun die Kleinen oft leid, die nicht mal die wenigen Cent haben, sich zwei saure Schnüre zu kaufen. Also verschenkt er. Lächelnd meint der Grauhaarige: „Am Sonntag, wenn die Zeitung 1,90 Euro kostet, dann gibt es ab und an ein Trinkgeld. Da habe ich das wieder ausbalanciert." Ich spüre es beim Gespräch, es lohnt sich auch zu geben. Das schönste Geschenk ist doch, dass seine Stammkundschaft ihm schon so lange Jahre die Treue hält.

Ich höre auch davon, dass er schon viermal überfallen wurde und um sein Leben fürchten musste. Unbegreiflich! Der Park hat sein Eigenleben mit Suff und Drogen, besonders dann, wenn die Dunkelheit wohlwollend ihre Decke übers Geschehen wirft. Es ist zu hoffen, dass mit den Baggerschaufeln auch dieses schlimme Kapitel beendet wird, so denke ich als bekennende Optimistin. Doch der windgegerbte Mann meint lakonisch: „Sind wir hier im Märchenland?" und winkt ab. Da hat er selbst keinerlei Illusionen. Er hofft, dass sein Park bald wieder ohne Bauzaun sein wird. Eine grüne Lunge für Alt und Jung. Irgendeine Aufgabe wird sich immer für seine Hände, den Besen oder die Schneeschaufel finden, in der Zeit, wo er draußen vor dem Lädchen sein wird und auf seine Kunden wartet. Die Straße kehren, achtlos weggeworfenen Müll aufheben oder Fußgänger vor heranbrausenden Radfahrern retten. Das sehe ich ganz genauso so. Ohne ihn würde mir sicher auf dem Weg in Richtung Stadt und wieder zurück etwas fehlen.

# Der Scheck

Es ist Mitte Januar und ich finde im Postkasten einen Brief von unserer Hausverwaltung, langersehnt und gleichzeitig ins Nimmerland gewünscht. Denn auf den Seiten, die fein säuberlich von einer Klammer zusammengehalten werden, die Nebenkostenabrechnung fürs vergangene Jahr. Hübsche bunte Tabellen und Vergleichszahlen, was wir so verbraucht haben. War unser $CO_2$-Fußabdruck gut, zum einen für die Umwelt zum anderen für unseren Geldbeutel? Viel kann der Verbraucher gar nicht mehr selbst beeinflussen, denn die Gebühren, die sich wie Efeu oder Unkraut um den eigentlichen Verbrauch ranken, die steigen und steigen. Zumeist ohne irgendeine plausible, rationale Begründung, die irrationale macht sich von allein schon gut und heißt Umwelt. Dass macht uns ein schlechtes Gewissen und lässt egal, ob gerecht oder ungerecht, die Euros klimpern.

Also mit dickem Fell im kalten Zimmer sitzen, einmal in der Woche duschen oder nur noch „kalte" Küche? Ist das bald für den normal verdienenden deutschen Michel oder dem Rentner, der glückliche Blick in die Zukunft?

Diesmal haben wir Glück, es gibt eine Rückzahlung, sicher unserer neuen A+++ Waschmaschine geschuldet. Es flattert uns ein Scheck entgegen, ein Barscheck. Ich beäuge dieses Ding von allen Seiten. Lange, lange Jahre habe ich solch ein Stück Papier nicht mehr gesehen. Es fühlt sich für mich genauso unwirklich an, wie ein Dinosaurier aus dem Jurassic-Park. Ich muss erst mal Googlen, um mich mit dem Einlösungsmodus vertraut zu machen und dazu noch, wo es hier eine Sparkassenfiliale gibt. Als Direktbankkunde habe ich meine Filiale ja im Laptop. Wie praktisch! Glück gehabt, gleich in der Nähe meines geliebten Kreisverkehrs hier in Düren, steht so ein Geldhaus. Also schnappe ich mir dieses

Papier und breche auf, vormittags so gegen 10 Uhr. Das ist doch eine gute Zeit für Bankgeschäfte. Doch weit gefehlt, diese Außenstelle hat an diesem Tag gar keinen Verkehr; erst am nächsten Tag ist sie wieder euroflott!

Da stehe ich am Tresen und reiche meinen Barscheck rüber. Die nette Dame lächelt und fragt nach meiner Bankkarte. Ich verneine und erkläre ihr, dass ich kein Kunde bei ihrer Bank sei, sondern meine Euros bei einer Direktbank parke. Sie greift traurig zum Formular, dann zu meinem Personalausweis und ich leiste noch eine Unterschrift obendrauf.

Sie reicht mir den Nachkommabetrag in Form von Münzen über den Tresen. Ich ziehe fragend meine Augenbrauen in die Höhe und sie erläutert mir ihr Vorgehen. Aus banktechnischen Gründen sei das so. Ich erhalte jetzt eine weiße Plastikarte in Scheckkarteformat, da wäre der Betrag, der in Scheinen gereicht werden müsste, eingespeichert. Ich solle an einem der Automaten gehen, die hier im Raum stehen, der wird mir dann sofort die Scheine ausspucken. Also versuche ich mich am ersten besten, doch die Schrift auf dem Bildschirm sagt mir, „Error". Ich drehe mich um und die Stimme der Angestellten klärt mich auf, dass sei die Maschine, die Kontoauszüge ausdruckt. Ich möge, die an der gegenüberliegenden Seite aufsuchen. Optimistisch wiederhole ich den Vorgang, doch das Gerät klärt mich auf: „Außer Betrieb". Die Dame, deren Blick ich im Rücken spüre, bittet mich an das verbliebene zu gehen. Ich möchte zwar das Geld, aber auf der anderen Seite hätte ich auch gern den Notfallplan erfahren, falls auch dieser Automat streiken sollte. Aber die Plastikkarte bleibt im Schlitz, ein paar kleine Geräusche und dann vier 50 Euro-Scheine. Aufatmen bei mir und ich meine einen Stein auf den Sparkassenboden poltern zu hören, der der netten Angestellten vom Herzen fiel. Ein erlösendes „Einen schönen Tag noch" haucht sie und entlässt mich endgültig.

Mein Fazit: Mir täte es so gar nicht leid, wenn das Bargeld abgeschafft würde, denn für mich war heute das Beschaffen von solchem abenteuerlich genug.

Eine Frage bleibt noch. Merken denn manche Institutionen nicht, dass sie sich mit solchen komplizierten Vorgängen so langsam selbst abschaffen?

# Fidschi-Zigaretten

Es geschah in den Zeiten als unser Sohn so einiges ausprobierte, so auch das Zigarettenrauchen. In diesen noch D-Mark-Zeiten fuhren wir einmal von Neuwied aus zu Besuch nach Sachsen. Ist eben alte Heimat und dort wartete zudem noch unsere Verwandtschaft, die in der Heute-Zeit allesamt in den alten Bundesländern lebt. So ändert sich eben alles.

Wir nutzten den Besuch auch dazu, um wieder einmal durch die Sächsische Schweiz zu wandern. Von dieser alten Verwurzelung kamen wir schwer los. Ist auch gut so. Doch es zog uns auch etwas weiter; in die ebenso idyllische Böhmische Schweiz. Sehr reizvoll, diese Landschaft und auch die kulinarischen Köstlichkeiten sind nicht vom Teller zu weisen, ebenso das köstliche Bier aus den vielen kleinen Brauereien, die es damals noch gab. Unser Sohn machte uns einen konstruktiven Vorschlag: „Wenn ihr schon einmal dort seid, geht doch auf einen der vietnamesischen Märkte und kauft für mich eine Stange Zigaretten. Die gängigen Sorten sind dort viel günstiger als hier bei uns." Na, ja, was machen Eltern nicht alles, immer mit dem Gedanken im Hinterkopf, dass dieses „Laster" ihres Sohnes doch einmal, und hoffentlich bald, ein Ende findet.

An einem wunderbaren, sonnigen Sommertag fuhren wir an der etwas schmalgewordenen Elbe entlang. Trockene Sommer mit wenig Regen, die gab es auch in den 1990ziger Jahren. Das Auto rollte von Dresden aus weiter nach Schmilka und hinein ins Nachbarland. Im uns wohlbekannten Grenzort Hresko hatte sich damals noch nicht viel verändert, alles sah noch so aus, wie wir es aus unserer DDR-Zeit kannten, bis auf die Preise, die waren auch hier im Kapitalismus angekommen. Nur einen vietnamesischen Markt fanden wir nicht. Also nach Sebnitz, denn dort gibt es einen, gleich hinter der Grenze im tschechischen Grenzort Dolni Poustevna.

Hinter der Grenze begann schon der rege Handel. Wer sich jetzt wundert, wie diese vietnamesischen Menschen hierherkommen, dem muss erklärt werden, dass in Zeiten des Sozialismus viele Frauen und Männer des Brudervolkes in den europäischen Sozialismus geholt wurden. Sie erhielten eine Ausbildung oder durften für kleines Geld den Sozialismus in der DDR aufbauen. Nach der Wende war das abrupt vorbei. Sie hatten ihre Daseinsberechtigung verloren und standen zwischen den Welten. Ein trauriger Umstand. Doch diese fleißigen Menschen gaben nicht auf, das Händler-Gen vergangener Generationen kam wieder zum Vorschein und so bauten sie sich ein neues Standbein mit diesen Märkten auf. Keiner weiß, wie sie an all die Dinge kamen, von Adidas-Trainingsanzügen bis zu günstigen Zigaretten. Aber das schien damals auch keinen zu interessieren. Es herrschte reges Markttreiben. Es wurde gefeilscht, diskutiert, gestritten und gekauft. Uns zog es zu einem der zahlreichen Zigarettenverkaufsgelegenheiten. Ein kleiner schwarzhaariger Verkäufer nahm mich am „Ärmel" und zog mich mit einem Wortschwall zum Eingang einer kleinen Bude. Mein Mann im Schlepptau hinterher, denn vier Augen sehen mehr als zwei. Drinnen im Halbdunkel auf einem Tapeziertisch ausgebreitet, da lagen sie alle in Reih und Glied; HB, Marlboro usw. Welche Sorte wollen wir kaufen? Ich hauchte vor Überforderung der Vielfalt und als Nichtraucher das Wort „Camel". Mir fiel die nette Werbung ein und mich dünkte auch, ich hätte meinen Sohn schon mal mit so einer Zigarette gesehen. Eilfertig reichte mir eine junge Verkäuferin eine dieser besagten Sorten. Ich drehte sie in meinen Händen mit beiden Daumen und Zeigefingern. Sie sahen hübsch aus, so wie Zigaretten eben, jungfräulich weiß mit der silbrigen Aufschrift und dem braun gepunkteten Filter. Jetzt wollte mir die Emsige noch mit einem lilafarbenen Einwegfeuerzeug Feuer geben, zwecks Proberauchens. Ich schüttelte schnell den Kopf, schaute zu meinem Göttergatten, der immer noch an der Türe stand, mir das Geschäft überließ und nickte. Also nickte ich auch und fügte schnell hinzu: „Bitte eine ganze Stange". In Windeseile lag sie auf den Tapeziertisch. Der Preis dafür schien auch im Rahmen zu sein, wie mir das zweite Nicken meines Mannes zu verstehen gab. Die Scheine wechselten den Besitzer, die Camel-Stange wurde in Pergamentpapier gewickelt und wir verließen dieses dunkle Handelskontor.

Glücklich und ohne Stau kamen wir drei Tage später wieder am Rhein an und überreichten unserem Sohn die besagte Camel-Stange. Er unterzog sie einem ultimativen Test, holte eine heraus und nahm sie zwischen seine Finger, schüttelte den Kopf, brach sie in der Mitte durch und etwas undefinierbares rieselte heraus. Kleine Fetzen aus Zeitungspapier konnten wir identifizierten. Die ganze Zigarettenstange, eine Schaupackung.

Na ja, vielleicht half dieser Fehlkauf oder besser dieses uns „übers Ohr hauen" dazu, dass unser Sohn bald das Rauchen aufgab und bis heute Nichtraucher ist.

# Bierdeckel-Navi

Es geschah vor langen Zeiten, damals als sich der Mensch noch selbst neue Wege der Kommunikation ausdenken musste. Heute haben wir das heißgeliebte Handy oder auf Neudeutsch, das Smartphone. Aber in Deutschland, so um 1960 sah das ganz anders aus.

Aber jetzt von Anfang an. Drei befreundete Ehepaare sitzen an einem Freitagabend bei Oppenheimer Krötenbrunnen, einem süßen, weißen Rheinwein und knabbern dabei gedankenverloren Salzstangen. Es dreht sich alles um die Urlaubsplanung in den Sommerferien, denn sie wollen mit Kind und Kegel im Auto zum ersten Mal nach Italien. Das war damals noch eine Riesenexpedition, fast eine Weltreise, durch Luxemburg und Frankreich bis an die italienische Riviera. Eine Übernachtung bei Lyon wird notwendig sein, denn es ist eine lange Strecke durch Frankreich. Auch das Hotel an der Riviera wird gebucht. Dazu gibt es einen regen Briefverkehr und ein radebrechendes Telefonat, denn der Hinweis „Wir sprechen Deutsch" ist noch gänzlich unbekannt. Aber alles gut; ein letzter Brief mit den erfolgten Zimmerbuchungen zeigt, es geht auch so.

An diesem Abend werden noch die Details geplant. Eine Zimmerpflanzenbewässerung für die zwei Wochen Abwesenheit wurde von einem der mitfahrenden Ehepaare entwickelt. Dicke Tauschnüre schlängeln sich dann von einer Pflanze zur anderen am Raumteiler oder an den diversen Fensterbrettern entlang. Ihre Enden schöpfen die Wasserreserven aus gefüllten Eimern. Diese Methode sollte eigentlich zum Patent angemeldet werden, aber die Anmeldegebühren würden das Urlaubsbudget weit übersteigen.

Der Entdecker dieses Verfahrens hat bereits eine neue Idee in petto. Diesmal geht es um die Verständigung der drei Fahrer auf der Reise; also ums gemeinsame Anhalten zwecks Tanken, Rasten und so. Mein Gott, wie einfach ist das! Es braucht nur Bierdeckel und verschiedene Farben. Jede Farbe steht für ein Bedürfnis. Eine Liste wird erstellt, was jede Farbe bedeuten soll. Zuerst melden die Frauen an, dass ein kräftiges Signalrot auf dem Deckel signalisiert, wir haben eine Panne oder Havarie. Es soll um Himmelswillen in der Praxis nicht eintreten, aber eben theoretisch, muss es sein. Weibliche Wesen denken eben an alles. So der erste Punkt steht; blau dann für Rast und gelb für Tankstopp. Den Beifahrerinnen und den Kindern auf der Rückbank kommt dann die Aufgabe des Morsens zu. Bedürfnisdeckel an die Front- oder Heckscheibe halten, damit die Vorausfahrenden und Hinterherfahrenden immer Bescheid wissen. Große Aufgabe und große Konzentration darauf. Blick nach vorn und in den Rückspiegel, denn davon hängt der Reisefluss ab.

Dann Ferienbeginn, die Sonne brennt und alle sind in Reiselaune. Drei Opel Rekord stehen frischgewienert und ziemlich überladen vor der Tür. Die Kinder sind eingeschichtet und auch die Fahrerteams sind reisebereit. Die drei Frauen auf den Beifahrersitzen holen wie auf ein stilles Kommando ihr Bierdeckelradar aus den gutgefüllten Handtaschen und verstauen diese wichtigen Pappkammeraden im Handschuhfach. Dann geht es ab; jeder Fahrer verabschiedet sich mit einem kurzem, aber kräftigen Hupkonzert von der Nachbarschaft. Schmuck sehen sie aus, diese Flaggschiffe deutscher Autoindustrie. Ein schwarzes, ein rotes und ein gelbes Auto, irgendwie passend.

Es wird es eine ausgewogene Fahrt, ohne Missverständnisse und nennenswerte Verspätungen. Die Frauen handhaben das Alarmsystem, als hätten sie nie etwas anderes als Copilotin getan. Das Suchen im Falk-Autoatlas und das dämliche Falten ist dagegen eine Doktorarbeit.

Es wird ein richtiger Entdeckungsurlaub in Italien, so viel neues. Die Frauen staunen besonders darüber, dass die Italienerin die deutschen Lieblingsgerichte gar nicht kennt; die kommt ohne Gulasch, Eisbein und Sauerkraut mit Speck aus. Dafür Spaghetti, Involtini, Knoblauch, Basilikum und Melone. An alles gewöhnen sich die Urlauber schnell und gern. Die Ferienkinder mögen das süße cremige Gelati und die Erwachsenen sitzen abends bei Korbflaschen mit dem süffigen Vino. In Weinlaune wird ein weiterer Urlaubshöhepunkt geplant. Es lief doch alles so gut, wie wäre es denn da noch mit einem Abstecher ins Fürstentum Monaco, es liegt ja fast um die Ecke. Warum nicht mal adlige Luft schnuppern. Am Samstagmorgen, noch vor dem Frühstück, setzt sich die Expedition in Bewegung. Mit Vesperpaketen vom Hotel, natürlich ihren bewährten Deckeln und den Reisepässen geht es am Meer entlang bis ins Minifürstentum. Wer früh kommt, findet sogar einen Parkplatz und der findet sich direkt neben den Ständen des großen Wochenmarktes, mit lautem, südländischem Habitus. Die drei Chauffeure stört dieser Umstand nicht. Die drei chromglänzenden Autos stehen akkurat ausgerichtet nebeneinander und werden abgeschlossen. Die Deutschen gehen auf Entdeckungstour durchs Fürstentum, zum Hafen mit den großen Yachten, zum Spielcasino Monte Carlo und endlich auch zum Fürstenschloss von Monaco. Die Wachablösung vor dem Schloss bietet prächtige Bilder und alle hoffen darauf, vielleicht einen kurzen Blick auf die Fürstin Gracia Patricia zu erhaschen, als sie mit der Staatskarosse das Schloss verlässt. Alle sind glücklich und zufrieden als sie am Nachmittag zum „Parkplatz" zurückkommen. Heilige Maria, die Autos stehen mitten im Verkehr und hunderte Autos fahren um sie herum. Der Markt, der ihnen heute Morgen diesen Umstand verbarg, ist verschwunden. Die drei Familienväter schauen sich an und gehen mit eingezogenen Köpfen zu ihren Autos. Der Rest der Familie wartet im gebührenden Abstand, auf das, was kommen wird. Doch was wohl? Hinter den Scheibenwischern ein Stück Papier. Es wird geschwind auseinandergefaltet und gelesen. Um es vorweg zu nehmen, kein Knöllchen, nein, sondern eine nette, in wohlgefälligen Sätzen formulierte Belehrung. „Lieber deutscher Urlauber, du hast dich leider mitten in den Verkehr gestellt. Bitte denke das nächste Mal daran, einen Parkplatz aufzusuchen. Noch einen schönen Aufenthalt in unserem Land." Ja, so war es damals, es ist kein Märchen, der 11-jährige Junge, der damals mitfuhr, ist heute mein Lebensgefährte und hat mir von diesem Erlebnis berichtet. Ihm fiel diese nette Geste ein, als wir während eines Italienurlaubs wegen Überschreitung der Parkzeit saftig nachzahlen durften. So ändern sich die Zeiten. Wir werden älter und die Sitten rauer. Nur das Wasser der Riviera hat immer noch dieses unnachahmliche Blau.

# Unordnung kann hilfreich sein

Es war nach den Sommerferien, zu Beginn der 7. Klasse an der Meißner Triebischtalschule. Ziemlich laut schnatterten wir Mädchen durcheinander, um uns über alle Neuigkeiten der vergangenen sieben Wochen auszutauschen. Die schrille Schulklingel erinnerte uns daran, dass es Zeit wurde, stramm neben der Bank zu stehen. Zu Recht, denn im nächsten Moment betrat unser Klassenlehrer das Zimmer. Im Schlepptau hinter ihm, eine interessante Erscheinung in einem grobgestrickten grünen Pullover und das im Sommer. In diesem etwas zu langgeratenen Maschenungeheuer steckte ein großgewachsener Junge mit breiten Schultern und kurzen, dunkelblonden Strubbelhaaren. Er wurde uns als neuer Schüler vorgestellt und erhielt den einzigen noch freien Platz ganz hinten rechts in der Fensterreihe. Doch bis es soweit war, ging die Musterung weiter. Er musste sich mit eigenen Worten vorstellen. Rot wie reife Tomaten glühten seine Wangen und leicht vor Aufregung stotternd, sagte er seinen Namen. Alfred! Was war das denn, hörte sich an wie ein Ritter aus einer Sage, neben Thomas, Jürgen, Frank und den anderen Allerweltsjungennamen in der 7a. Nach seiner Vorstellung vorn am Lehrerpult, plumpste er erleichtert auf den Holz Sitz ganz hinten und stellte seine abgegriffene Ranzentasche daneben. Er tat mir schon etwas leid, dass er neben der größten Plaudertasche unserer Klasse sitzen musste, die aus gerade diesem Grund bis zu diesem Tag ohne Nachbar war.

Wir Mädchen schlichen ab diesem Tag, in allen Pausen geheimnisvoll um Alfred herum, um etwas mehr über ihn zu erfahren oder sogar mit ihm das eine oder andere Wort zu wechseln. Aber er war mehr oder weniger damit beschäftigt, mit den Jungen unserer Klasse ins Gespräch zu kommen

und erste Freundschaftsbande zu knüpfen. Pech gehabt! Mir
gefiel er irgendwie. Er wirkte so erwachsen neben den anderen Jungen in meiner Klasse.

Der Hellste in Mathe oder Deutsch war Alfred nicht, aber
dafür super im Sportunterricht. Dort überragte er fast unseren Sportlehrer und jede Gruppe war darauf erpicht, ihn
beim Völkerball im Team zu haben. Das war praktisch schon
der Sieg. Ansonsten hielt er sich im Hintergrund und fiel
nicht groß auf. Bei unseren Gruppennachmittagen als Thäl-
mannpioniere sagte er nicht viel. Er wurde, was für ein schö-
ner Zufall, zum Wandzeitungskollektiv eingeteilt. Ich war
dort die Chefin. So konnte ich ihm die Schere in die Hand
drücken, damit er aus Zeitungen wichtige Artikel oder Fotos
ausschnitt. Das machte er mit Ausdauer, ganz gerade, ohne
einen Buchstaben weg zu säbeln oder gar einen wichtigen
Kopf. Ab und zu malte er auch mit Plakatfarben die großen
Druckbuchstaben für die Überschriften aus. Ich fühlte mich
gut dabei, weil ich ihn wenigstens so um mich hatte. Ich
kleine Führungsfee lobte ihn verlegen lächelnd und errö-
tend. Ich bildete mir sogar ein, dass er mich etwas verehrte.
So ging das Schmachten ein halbes Schuljahr lang.

Das alles fiel in die Blütezeit der Poesiealben, der kleinen
hübschen Bücher in schönen Farben und mit dem kleinen
Schlüsselchen zum Abschließen. Sie wurden weitergereicht
an Freundinnen, Schulkameraden und auch an unsere geheimen Schwärmereien, die dann einen sinnigen Spruch
und liebe Worte fürs weitere Leben hineinschrieben. Oft mit
einem Stammbuchblümchen oder eigenen Zeichnungen
verziert. Also überreichte ich mutig Alfred meines mit zu-
hause eingeübten Worten --- ich meine auch ohne rot zu

werden --- und bat ihn um seine Verewigung in meinem himmelblauen Buch. Siehe da, er nahm es entgegen und am nächsten Tag, noch vor Schulbeginn steckte er mir es zu, ohne ein Wort zu sagen. Leider kam ich nicht dazu es aufzuschlagen, die Schulglocke machte mir einen Strich durch die Rechnung. Das waren 45 lange Minuten, in denen ich unruhig auf der Bank hin und her rutschte, bis ich endlich nachschauen konnte. Das erste, was ich sah, war ein Fettfleck oben links in der Ecke. Egal! Dann las ich zitternd vor Aufregung den Spruch, geschrieben in großen krakeligen Buchstaben „Wenn dich böse Buben locken, bleibe zu Hause und stopfe Socken" Mit großem doppeltgemalten Ausrufezeichen, darunter waren zwei rote Tulpen gemalt und es stand  noch „Dein Schulfreund Alfred T." darunter. Ich wollte grade das Buch zuklappen und nachdenken, was das wohl bedeuten solle, da fiel ein gefalteter Zettel auf den Boden, denn ich schnell in meine Federmappe verschwinden ließ. Ich wollte ihn zu Hause lesen, denn meine Freundin Petra schaute schon neugierig darauf, was ich so geheimnisvolles tat.

Endlich war die Schule aus und ich lief schnatternd mit meinen Freundinnen nach Hause. Ich war doch neugierig auf die Zettel-Botschaft. Doch erst musste gegessen werden, leider. Ich platzte fast vor Neugierde. Die Tempolinsen mit gebratener Jagdwurst landeten fast mechanisch auf dem Löffel und dann im Mund. Meine Oma meinte kopfschüttelnd, ob mir nicht gut sei, als ich nicht mal Nachschlag verlangte. So kannte sie mich nicht. Ab ins Kinderzimmer und den Ranzen ausgepackt, um die Hausaufgaben zu erledigen.  Aber vorher wollte ich Alfreds Botschaft auf dem Zettel lesen. Es war sicher etwas sehr Wichtiges, dass ahnte ich und mein

Herz klopfte. Ich erstarrte, ich fand meine Federmappe nicht. Nein, das gab es doch nicht. Ich schnappte mir den Ranzen und kippte den ganzen Inhalt auf den Boden. Aber weder Mappe noch gefaltetes Papier. Mir kamen die Tränen, die ich tapfer runterschluckte und unter großer Anstrengung, trotz des Herzeleides, meine Hausaufgaben erledigte. Einen Ersatzfüllfederhalter hatte ich zum Glück in meinem Schrank.

Den restlichen Tag habe ich gerätselt, was die Nachricht zum Inhalt hatte. Mir fiel nichts ein. Ein Wunder, dass ich trotz dieser Aufregung gut geschlafen habe. Dann ab in die Schule. Alfred schaute mich beleidigt an und raunte mir zu, er hätte eine Stunde auf mich hinten an der Katholischen Kirche gewartet, um mit mir spazieren zu gehen, drehte sich beleidigt um und sprach nie wieder mit mir. Übrigens die Federmappe lag so, als wäre nichts geschehen auf dem Linoleumboden unter meiner Bank. Ich zerknüllte zornig den gefalteten Zettel, ohne ihn auseinanderzufalten und warf ihn in den Papierkorb. Alfred ließ sich in eine andere Arbeitsgemeinschaft „versetzen", bei der Wandzeitung machte er nicht mehr mit. Naja, unsere Wege trennten sich nach der 8. Klasse sowieso. Ich wechselte in die erweiterte Oberschule und sah diesen Jungen nie wieder.

Oh doch! 2019 während eines Besuches in Meißen, nach gefühlt einhundert Jahren, spazierte ich nochmal auf allen Wegen dort, mit denen mich so viele Erinnerungen verbanden. Ich landete an der Triebischtalschule und auch in der kleinen Seitenstraße in deren Nähe, wo damals mein Schwarm Alfred lebte. Da sah ich einen Mann mit dunkelblonden und von grauen Fäden durchzogenen strubbeligen Haaren, seine

Ellenbogen auf ein Kissen stützend, aus dem Fenster schauend. An diesem warmen Vorsommertag trug er ein weißes Doppelrippunterhemd und irgendwie wurde ich das Gefühl nicht los, dass ist dieser Alfred von damals. Mit dem Alter und so, könnte es stimmen. Wo ist mein edler Ritter von damals, mein Schwarm, dessen Spruch in meinem Poesiealbum mein Herz heftig zum Stolpern brachte? Jetzt hatte er die blinkende Rüstung mit einem Unterhemd getauscht. Ich bin enttäuscht, wieder ein Traum entzaubert, leider! Aber irgendwie atmete ich auf, dass ich damals den Zettel verschlampte. Unordnung kann manchmal doch sehr hilfreich für das weitere Leben sein. Zumindest dieses eine Mal damals bei mir.

# Der Weihnachtsmann

Ich sitze auf der Terrasse, schlürfe genussvoll einen Campari und höre SWR4 über meine Kopfhörer. Alles gut, bis mich die Stimme der Moderatorin ins Hier und Jetzt zurück beamt. Sie hat sich Illusionen zum Thema ihrer fünf Minuten „bis zur vollen Stundekommentares", also bis zum Beginn der Nachrichten, auserkoren. Ich denke so für mich, warum heute nicht mal etwas lockerleichtes, perfekt zum Wetter passendes. Aber gut, der öffentlich-rechtliche Rundfunk hat schließlich einen Bildungsauftrag. Zum Glück eigentlich, denn so fällt mir eine Begebenheit ein. Sie hat auch etwas mit einer zerplatzten Illusion zu tun, die mich als kleines, sechsjähriges Mädchen sehr nachdenklich machte.

Jedes Kind glaubt an irgendetwas, sei es die Zahnfee, das Christkind oder den Klapperstorch. Ich, das DDR-Kind, liebte den Weihnachtsmann, denn Engel und ähnliche Gebilde, die hatten im sozialistischen Himmel keinen Platz. Jedes Jahr stieg er am Abend des 24. Dezember, dem Weihnachtsabend, ziemlich abgekämpft in den dritten Stock hinauf und klingelte. Meine Schwester Ulrike und ich warteten schon ungeduldig auf ihn. Hübsch angezogen, frisch gekämmt und mit vor Aufregung roten Wangen hopsten wir durch unseren ellenlangen Korridor, immer in der Nähe der Wohnungstür. Wir wollten sein Kommen auf keinen Fall verpassen und als erste einen Blick auf den hoffentlich übervollen Gabensack werfen. Mutti klapperte in der Küche mit dem Geschirr. Der Kartoffelsalat, das typische Essen, erhielt seine Vollendung und wurde wegen des feierlichen Anlasses in das gute Porzellan mit Goldrand gefüllt. Vati werkelte noch im Bescherungsraum, unserem Wohnzimmer, das er von Innen abgeschlossen hatte. Sicher verbesserte er noch den Weihnachtsbaum, denn die duftende Kiefer, genügte nie den Qualitätsansprüchen seiner Frau. Also bastelte er mit dem Bohrer weitere Löcher in das zarte Stämmchen. Kleine Zweige, die übrig waren, denn der Baum musste immer gekürzt werden, wurden zwischengesetzt. Wir hörten ihn leise schimpfen, alles wie jedes Jahr. Auch, dass meine Oma wieder einkaufen geschickt wurde. Traditionsgemäß fehlte es immer an Seife und ein Weihnachten ohne Seife, das kann nicht sein.

Endlich der heiß erwartete Klingelton, aber ich traue mich nicht zu öffnen. Ulrike auch nicht, Mutti kommt, wischt sich die Hände an der Schürze ab, öffnet und da steht er. Er schaut genauso aus, wie vergangenes Jahr, nur der Sack ist größer und an einer Stelle geflickt. In braunen hohen Stiefeln, die gut sichtbar unterm roten Plüschmantel hervorschauen und auf dem Kopf seine rote Zipfelmütze mit Bommel, tritt der Alte ziemlich poltrig ein. Mutter ruft wie immer: „Gerhard, schließe bitte die Türe auf und zünde die Kerzen an, wir haben hohen Besuch." Es dauert ein paar Momente, der Gast stellt den Sack auf den Boden und streicht erst meiner Schwester übers Haar und dann mir. Dann öffnet sich endlich die Tür des Weihnachtszimmers. Wir lassen unserem Gast den Vortritt, der samt dem Sack unsere Prozession anführt, stehen drinnen im Halbkreis und warten, was jetzt wohl kommt. Die Kiefer biegt sich unter der Last der elektrischen Beleuchtung und leuchtet trotzdem festlich. Bergmann, Engel und die Horde der anderen hölzernen erzgebirgischen Weihnachtsfiguren flackern, mit Wachskerzen bestückt, um die Wette. Jetzt sind wir zwei Mädchen dran, wir sagen unsere einstudierten Weihnachtsgedichte auf. Ein liebevolles Kopfnicken und dazu Brummen des Weihnachtsmannes, der uns gleichdarauf die obligatorische Frage stellt, ob wir artig gewesen sind. Uns aber gar nicht ausreden lässt, sondern sogleich in den Sack greift und Geschenke an uns verteilt. Anziehsachen, Bücher, Süßigkeiten und etwas zum Spielen. Wie der Alte uns immer Sachen schenkt, die mit uns wachsen dürfen. Er hat sicher einen guten Draht zu unserer Mutter, die sich hinterher immer freut, große Säume umzunähen. Wir bedanken uns artig und reichen ihm die Hand. Seine steckt in Handschuhen. Dann bekommt Mutti ihr Geschenk und Vati soll ein Gedicht aufsagen, was er nicht kann. Der Weihnachtsmann will ihn zur Strafe verhauen, aber er hat glücklicherweise seine Rute bei der vorher besuchten Familie vergessen. Wir atmen auf. Aber der Alte will jetzt unseren Vati in den Sack stecken und mitnehmen. Er lässt sich aber umstimmen und wir dürfen anstelle unseres Familienoberhauptes noch ein Gedicht aufsagen. Dann muss der Weihnachtsmann glücklicherweise zur nächsten Familie. Wir bringen ihn noch zur Tür und weg ist er.

Das war eine Aufregung und das ausgerechnet an Weihnachten. Mutti schaut erstmal nach den brennenden Wachskerzen und bläst sie aus, das ist sicherer. Vati holt sich auf diesen Schreck ein Bier. Dann klingelt es wieder. Hoffentlich nicht nochmal der Weihnachtsmann, dass er es sich anders überlegt hat und Vati doch mitnimmt. Nein, es ist Oma. Sie ist vom Einkauf zurück, legt das Seifenstück auf den Küchentisch und schaut uns erwartungsvoll an. Wir Kinder sprudeln über und Oma lächelt, denn sie hat vor dem Haus den Weihnachtsmann getroffen, der ihr alles schon berichtete. Sie schaut Vati an und meinte augenzwinkernd: „Sei froh, dass du so brave Mädchen hast, mein Schwiegersohn."

Dann schmeckt sie nochmal den Kartoffelsalat ab. Sie ist schließlich die Küchenchefin, nickt zustimmend und stellt den Topf mit Wiener Würstchen auf die Gasflamme. Ich freue mich, denn ich habe großen Hunger und essen tue ich sowieso gerne. Der Tag hat ja zum Glück ein gutes Ende gefunden. Ich darf noch ein wenig im neuen Buch lesen, aber lange halte ich es nicht aus, denn meine Augen werden klein und die Lider schwer. Ich gehe in das Zimmer, das ich mir mit meiner Oma teile. Dort stehen zwei Betten hintereinander, nur von einem Stuhl getrennt und zwei Schränke auf der anderen Seite. Der Raum ist ein länglicher Schlauch und der Gang so schmal, dass meine Oma gerade so dazwischen passt. Über unseren Betten hängen in goldfarbenen Rahmen ein röhrender Hirsch, eine Nymphe im Wald und das gerahmte „Rennsteig Lied", was ich regelmäßig mit meiner Oma singe. Ich möchte nur noch in mein Bett und schlafen. Doch zuvor lege meine Sachen auf den Stuhl und will meine Schuhe darunter stellen. Was sehe ich da, braune Stiefel. Die kommen mir bekannt vor, sie erinnern mich an den Besuch des Weihnachtsmannes. So braun und faltig sahen die auch aus. Aber das hier sind doch die Winterstiefel meiner Oma. Hat der etwa die gleichen? Oder war Oma der Weihnachtsmann? Meine Illusion zerplatzt gänzlich, als oben aus den Stiefeln genau die Handschuhe schauen, in denen vorhin die Hände des Weihnachtsmannes steckten. Ich meine fast, die winken mir zu, oder lachen die mich aus? Ich will nicht weiter darüber nachdenken und steige in mein Bett. Erschöpft schlafe ich mit meinem Geheimnis ein. Das behalte ich noch lange für mich, ich bin eben ein besonderes Kind. Erst im neuen Jahr als ich wieder einmal mit meiner Oma das Rennsteiglied singe, fasse ich mir ein Herz und frage sie danach.

Sie lächelt wissend, nimmt mich in den Arm und meint: „Petra, du bist schon ein großes Kind. Das Märchen vom Weihnachtsmann ist nur noch was für Ulrike, die ist ja noch so klein. Du weißt jetzt Bescheid und für Ulrike bewahren wir das Geheimnis weiter."

Übrigens die Stiefel ziehen mit uns aus Karl-Marx-Stadt nach Meißen. Aber Weihnachten läuft dort anders ab. Der Weihnachtsmann wird von Heinz Krause, unserem Nachbarn, gespielt, der jetzt allerdings drei Schwestern beschenken muss. Wir haben noch die winzige Katrin dazubekommen

Die braunen Stiefel meiner Oma haben endgültig ihre Schuldigkeit getan und werden umfunktioniert. Sie stehen im kleinen Zimmer meiner Oma in der Ecke, fast verdeckt vom Kleiderschrank und beherbergen Flaschen. Oma versteckte darin Sekt, Wein oder Eierlikör für besondere Gelegenheiten. Das letzte Mal habe ich sie 1982 bemerkt, als Horst und ich meiner Familie freudig erklärten, dass wir geheiratet haben. Mein Vater wechselte einen Blick mit Oma, die aufstand und in ihr Zimmer eilte. Ja haargenau zu den besagten Stiefeln. Mit einer Flasche Rotkäppchen Sekt aus ihrem „Versteck", stießen wir alle auf unsere Ehe an.

# Besuch in Meißen

Wir fahren nach Meißen, in die Stadt meiner Kindheit und des Erwachsenwerdens. Viel hat sich hier getan. Die Mittel aus dem Solidaritätsbeitrag sind gut anlegt. Meine Stadt hat ihr graues Gesicht abgelegt, die Kummerfalten sind weg. Diese altehrwürdige und geschichtsträchtige Stadt ist inzwischen sehr hübsch anzuschauen.

Wie Frühling fühlt sich dieser Februar an, als wir über die Elbbrücke fahren. Die Albrechtsburg thront stolz hoch oben. Sie trägt an einigen Stellen noch ein Gerüst, denn ihr Äußeres wird neu verputzt. Unser Weg führt uns zum Dorint Hotel. Die Fassade, aus traditionellen Grobkeramik-Fliesen, als sein besonderer Schmuck, glitzert im Sonnenlicht. Eine schöne Erinnerung ist dieser Bau, am Elbufer majestätisch liegend und im Sonnenlicht glänzend, für mich. Hier bin ich als Schulmädchen oft entlang spaziert, habe über die Motive gestaunt und war schon ein wenig stolz, dass mein Vater als Projektingenieur viel mit diesem Werkstoff zu tun hatte. Etwas weiter weg, stand er am Reißbrett und entwarf Neues, im VEB Entwicklungsbüro „Grobkeram" auf der Brauhausstraße; nebenan die „Schwerter Brauerei". Mehr als fünfzig Jahre sind seitdem vergangen, aber diese Zeit ist greifbar und zieht in meinen Gedanken vorbei als wäre alles erst gestern passiert. Mit Gepäck beladen dann ins Hotel; angenehm und zugleich wieder zu Hause gefühlt als die Begrüßung im weichen, lang so nicht gehörten Sächsisch, aus dem Munde einer jungen Hotelangestellten tönt. Es passt und dürfte gar nicht anders sein. Eine Harmonie genauso wie die gesamte Ausstattung hier. Es geben sich die Historie und die Moderne ein Stelldichein. Ich bin guter Dinge, dass dieser Eindruck unser Begleiter während dieser Zeit des Eintauchens in meine Vergangenheit bleibt. Später sitzen wir im Wintergarten auf einen Drink. Viel ist um diese Zeit nicht los, wir sind die einzigen Gäste hier und kommen mit dem Barkeeper ins Gespräch. Ein junger Sachse, ganz normal. Weit ab von mancher pauschalgefassten Meinung. Stolz erzählt er von seiner Stadt, von seinem Fluss und lässt kleine Anekdoten einfließen. Ich höre zu und gebe mich nicht als Insider zu erkennen.

Später durchs Städtchen spaziert und Schaufenster geschaut. Wie doch die Bäcker und Konditoren ihr Handwerk verstehen. Kinnwasser bei den leckeren, süßen Sünden für die heilige Kaffeezeit der Sachsen, mit „enem Schählschen Heeßen". Und sie sitzen, die Meißner, in ihrem Café oder in Weinstuben, wo es heutzutage originalen Wein von ihren kalkigen Hanglagen an der Elbe zu kosten gibt. Meine Füße tragen mich am Rathaus vorbei. Erstaunt stelle ich fest, dass die Außentreppe heute anders ist, nicht mehr wie damals, als ich hier heiratete und hoheitsvoll hinab zum Marktplatz geschritten bin. Weiter die Burgstraße bergauf, an kleinen Buchläden, Boutiquen, Andenkengeschäften vorbei geschlendert. Schon wieder ein Geschäft mit einer besonderen Geschichte; die Konditorei Zieger, die Meißner Fummeln verkauft. Seit Anno 1710 existiert dieses leicht zerbrechliche Gebäck, um das sich eine witzige Historie rankt. Der geneigte Meißen-Tourist sollte es nicht versäumen, die Stufen zum Geschäft hinaufzusteigen, sich drinnen umzuschauen und diese „Fummel" zu genießen, bevor er weiter zu Burg und Dom steigt. Wir können noch unbehelligt von Menschenströmen stehen bleiben, schauen, fotografieren, Gedanken sacken lassen; uns ganz viel Zeit für den Weg lassen. Februar ist eine gute Zeit, um Meißen in Ruhe zu erkunden.

Dom und Burg schauen stolz in die Runde und wecken viele Erinnerungen. Auch die, an mein erstes Rendezvous „hier oben" werden wach, nämlich im „Domkeller". Jetzt stehe ich wieder davor. Hinein ins dunkle Gewölbe und die schwere Eichentür geöffnet. Es sieht noch genauso aus, wie damals als ich 18 Jahre jung war und ich komme ins Träumen. Doch nicht lange, denn eine weibliche Stimme, diesmal im befehlendem Sächsisch: „Gehn se noch mal naus, dass is nicht der Ehngang, das is dehr Ausgang." Wir sind perplex, machen das und gehen die paar Schritte wieder rückwärts. Wirklich, gleich daneben, da ist eine weitere Tür mit dem Schild „Eingang". Wie konnten wir nur, drücken die Türklinke nieder und treten erneut ein. Die Dame schaut jetzt siegessicher und fragt uns, ob wie reserviert hätten. Wir sind ertappt und verneinen. „Heude iss doch Valentinstaach und wir sind vollbelegt", bekommen wir zur Antwort. Ich hörte mich traurig sagen, dass es sehr schade sei, wir nur etwas essen und uns umschauen wollten, denn ich wäre schon seit Jahrzehnten nicht mehr hier gewesen. Das hat sie sicher milder gestimmt und sie räumt uns eine knappe Stunde Aufenthalt ein. Das reicht für Sauerbraten, grünen Klößen mit Semmelbröseln gefüllt, Rotkraut und dicker, leckerer Soße. Ähnlich, wie meine Oma es vor langer Zeit zubereitete. Dazu süffigen Meißner Wein. Unser Groll ist vergessen und wir belohnen die Wirtin später, nachdem wir natürlich innerhalb des gesetzten Rahmens „gemampft" hatten, wie der Sachse sagt, mit einem guten Trinkgeld. Ende gut, alles gut. Aber wie es nun mal ist, wenn es schön war, dann sagt man niemals so ganz Adieu. So war es auch bei uns, ein paar Monate später besuchten wir diese wunderschöne Stadt ein weiteres Mal. Diesmal suchen wir nach Spuren meiner

Kindheit im Triebischtal. Der „Plattenbau" von damals wurde aufpoliert, aber viel besser sieht der Angerweg heute auch nicht aus. Alt bleibt alt und Platte bleibt eben Platte. Doch es gibt neue Dinge; die Haustür Nummer 8 ist abgeschlossen, die Klingelschilder sind modern und es stehen kaum noch bekannte Namen darauf. Die Gärten hinter dem Wäscheplan scheinen dagegen unverändert. Ich gehe zu unserer ehemaligen Parzelle und entdecke ein rostiges Wasserfass und eine blecherne Gießkanne. Sie scheinen noch alte Bekannte von damals zu sein. Ich erinnere mich an Karotten, süße Erdbeeren und leckere Zuckerschoten. Ich spüre deren Geschmäcker auf der Zunge. Wehmut kommt einher, denn in solch eiligen Schritten ist die Zeit ab 1962 geeilt. Nachdenklich schlendern wir zurück zum Parkplatz, wo früher das Rumpelmännchenhaus, die Altstoffannahme stand. Eine alte Dame kommt mit ihrem Rollator langsam auf uns zu. Was ich sehe, das kann ich kaum glauben. Es ist Frau Herbst aus dem Nachbarhaus und auch sie erkennt mich, nach so vielen Jahren? Sie ist weit über 90 Jahre alt und hat schon zwei ihrer Kinder zu Grabe getragen. Das erzählt sie mir und will Frau Krause, unserer ehemaligen Nachbarin in Nummer 8, von unserem zufälligen Treffen erzählen. Die ist zwar weggezogen, aber ab und an kommt sie noch zu einem Plausch zu Frau Herbst. So viele Eindrücke und Erinnerungen, mein Herz ist übervoll.

Abends sitzen wir auf der Terrasse vom „Domkeller", dort wollen wir diesen Tag ausklingen lassen. Wir haben es auch geschafft, zwei Plätze zu ergattern, nachdem wir dem jugendlichen Herrn Ober „hoch und heilig" versprochen haben, nach einer knappen Stunde unser Abendessen beendet zu haben. Um uns herum alles Meißner „Ur"-Einwohner an diesem Donnerstag. Die Sachsen verstehen es zu leben; es wird gegessen, getrunken und gelacht. Uns vergeht das Lachen als wir nach Mineralwasser Medium fragen und die knappe Antwort erhalten: „Mit oder ohne Sprudel, haben wir." Peng! Ich lege nach und frage nach der Weinkarte, was er uns als Experte für ein gutes Tröpfchen zu Roulade und Sauerbraten empfehlen könnte. Ein Augenaufschlag, den ich lieber nicht deuten möchte, dann seine kurze Antwort: „Reicht ihnen diese Weinkarte nicht aus?" Ich tippe ziemlich geschockt auf einen Schoppen, der ganz oben auf der ersten Seite steht und der sich mir als einer aus der Gegend zu erkennen gibt. Er passt erstaunlicherweise perfekt dazu, auch das sprudelnde Mineralwasser. Wir genießen das Essen und die wunderbare Aussicht über diese Stadt des Porzellans mit den blauen Schwertern. Als Erkenntnis des Abends macht sich bei mir breit, ich bräuchte ein Schwert, zumindest eine Schere, um alte Gewohnheiten zu zertrennen. Wer ist denn nun König, ich denke doch der Gast? Hier jedoch noch nicht so richtig. Der Gast ist halb so wichtig! Das scheint immer noch in den „Ost"-Genen zu liegen, dieses schulmeisterliche HO-Gehabe. Großen Schwamm drüber, Wechselgeld unbeeindruckt eingesackt und gegangen. Erstaunter Blick vom Chef.

# Kaugummi

Es geschah in den Zeiten, wo Kinder noch sehr oft in Büchern lasen. Sich so die Zeit vertrieben und einiges dabei lernten, ob sinniges oder unsinniges, dies werden wir am Ende dieser Geschichte entscheiden.

Ich war damals zehn Jahre und las mit großer Begeisterung die beiden Bücher über den untypischen Jungen Alfons Zitterbacke von Gerhard Holz-Baumert. Ich bewunderte ihn in Geheimen, was er alles anstellte trotz seines geregelten sozialistischen Alltags. Ich nahm diesen Zitterbacke ab und zu zum Vorbild und versuchte ihn sogar nachzuahmen. Damals konnte ich nicht ahnen, dass dieser sommersprossige Junge als Gegenpol zur „kapitalistischen" Pippi Langstrumpf gedacht war. Woher auch? Wie sollte ich Jungpionier, dieses freche Mädchen mit den roten Zöpfen kennen.

So saß ich, in den Händen mein Lieblingsbuch und verschlang Seite um Seite. Auch über Tante Paulette, wohlgemerkt eine Westtante, las ich. Sie brachte Alfons, ihrem Neffen, eine echte Rarität mit, nämlich süße Kaugummis aus dem Westen. In mir entwickelte sich eine Begehrlichkeit nach diesen Dingern, die ich mir wie Schlüpfergummi vorstellte, nicht wegen des Geschmackes, nein, wegen des Namens „Gummi" und weil dieser DDR-Artikel auch nur sehr schwer zu kaufen war. Er war sogenannte Bücktischware, also meistens nur unterm Ladentisch zu bekommen. Alfons kaute seine Kaugummis, sage und schreibe 48 Stück. Als der süße Geschmack rausgelutscht war, klebte der Lausbub die gesamten Reste auf den Stuhl, der für Tante Paulettes etwas groß ausgefallenen Popo reserviert war. Und wie vorausgesehen, die Westtante setzte sich und aß und trank mit großem Appetit. Alfons ersehnte das Ende des Mahls herbei, aber das dauerte und dauerte. Dann der Aufbruch von seiner Lieblingstante, der sonst immer mit einem Ruck geschah. Erstaunlich, trotz ihres Gewichtes. Aber diesmal nicht. Die Klebekraft der Kaugummis war erstaunlicherweise besser als der Geschmack, so sinnierte der freche Hobbywissenschaftler. Tantchen strengte sich mächtig an, um loszukommen. Etwas zerknirscht und entschlossen fügte sie an: „Es liegt sicher an eurer Luft hier, dass ich so schlecht hochkomme." Glücklicherweise gewann sie den Kampf gegen die Klebekraft, die Kaugummis blieben am Holzküchenstuhl kleben und die Lieblingstante konnte zurück in den Westen. Also, so war das im Buch. Ich konnte das alles nicht so recht glauben. Ich zweifelte. Das war sicher der pädagogische Gegeneffekt; so war das vom Autor sicher nicht beabsichtigt. Aber mein Forschungsdrang ließ mich nicht los. Überlegungen kreisten hinter meinem Pony. Einige Dinge hatten wir auch: Holzküchenstühle und meine runde Oma. Beides sehr perfekt, nur an Kaugummis, da haperte es bei mir. Aber ich wollte es unbedingt ausprobieren. Ich überlegte und mir viel eine andere Variante ein. Eben typisch Ossi. Ich rührte mir Mehlkleister als Kaugummiersatz an. Ein großes Glas voll mit Mehl und Wasser; beides war immer reichlich vorhanden. Wir Kinder nahmen ein solches Gemisch sehr oft als Leimersatz. Warum sollte das nicht auch für mein Experiment taugen. Damit punktierte ich den Holzstuhl ordentlich. Schnell komplimentierte ich darauf meine Oma zum Stuhl, immer der Gedanke im Hinterkopf, dass mein Gemisch sehr schnell härtet. Ich hatte sicher rote Ohren vor Aufregung. Aber meine Oma blieb sogar eine ganze Zeit lang sitzen. Ich atmete erleichtert auf. Dann pfiff der Milchtopf einfach so in mein Experiment und Oma sprang auf. Wie der Blitz, wie das nur Omas können, wenn die Milch für leckeren Kakao heiß ist. Der Mehlkleister blieb auf dem Holz zurück. Ich hatte dann große Mühe, alles wieder sauber zu bekommen. Meine Oma wunderte sich nur, dass ihre Kittelschürze mit Mehl befleckt war. Das war alles. Aber doch nicht ganz.

Als ich diese Geschichte vorbereitete, recherchierte ich natürlich in Sachen Kaugummi. Dabei habe ich interessantes erfahren. Später geborene DDR-Kinder, die 1978/79 nach dem Lesen des Zitterbacke Buches, Experimentierlust bekommen hätten, man glaubt es kaum, hätten echte DDR-Kaugummis gehabt. Denn damals wurde auf der Leipziger Messe ein OK-Kaugummi-Geschäft abgewickelt. Das BRD-Werk in Pinneberg verkaufte der DDR ein komplettes Werk. Es entstand für 9 Millionen Westmark in Bernburg und produziert heute noch Kaugummi. Das Firmengeheimnis, die Gummisubstanz und das Aroma, kamen damals aus dem Westen und der Osten produzierte für den Westen gegen Devisen. Streng geheim ging das zu und die B-Ware, die sich nicht zu Westmark machen ließ, wurde unter den wachen Augen der Stasi auf einer Deponie vergraben. Letztendlich wieder keinen echten Westkaugummi auf normale DDR-Weise für dieses Kinderexperiment. Schade oder doch nicht…

# Schnäppchen

Ja, so kann es „Mann" gehen, wenn der ein sehr aufs Gemeinwohl bedachter Zeitgenosse ist, das bekomme ich an diesem Junitag bei einem Schwätzchen mit einem älteren Herrn mit. Wir treffen uns wochentags oft gegen 8 Uhr. Er ist mit seinem strubbeligen Hund auf der morgendlichen Gassi-Runde, ich auf meinem Weg in die Dürener City. Sein Vierbeiner war es auch, der uns miteinander bekannt machte. Als der Adenauer Park noch für Spaziergänger geöffnet war, sind wir uns zum ersten Mal begegnet. Einfach hochgesprungen ist „Alex", als würden wir uns eine Ewigkeit kennen. Das hat den Bann gebrochen und sein Herrchen und ich wechseln seitdem mehr als „Morjen". Heute treffen wir uns am Bauzaun zum Schwätzchen, denn der Park erhält ein neues Wohlfühlgesicht. Das dauert eben.

Es ist Ende des Monats, da ist in den meisten Geldtaschen Ebbe und jeder schaut, doppelt intensiv aufs Geld. Gestern war der alteingesessene Dürener morgens auf Schnäppchenjagt und er beginnt davon zu berichten. Der Hund, der sein Herrschen kennt, springt auf die Mauer, schnüffelt an einer leeren Wodkaflasche und lässt sich danach auf seinen vier Pfoten nieder. Er ahnt, dass er jetzt alle Zeit für ein Päuschen hat. Und so ist es auch.

In der Gemüseabteilung eines Discounters, wirft mein Gesprächspartner zuerst glücklich zwei 3-kg- Säcke mit hiesigen Kartoffeln zum reduzierten Preis in den Einkaufswagen. Warum wohl diese Supermarktwagen nur so riesig sind, denn die Säcke liegen ganz verloren darin und schreien förmlich nach Gesellschaft. Er wird wieder fündig. Brot von gestern zum halben Preis, es landet auch im Wagen. Es wäre doch ein Frevel, wenn es heute Abend in den großen Abfallcontainern vor dem Supermarkt geworfen würde, wie so viele andere Lebensmittel. Verstehen kann ich das auch nicht, denn früher gab es so ein Mindesthaltbarkeitsdatum doch auch nicht und trotzdem leben wir noch. Auf Augen, Geruch- und Geschmackssinn haben wir uns verlassen und das hat immer funktioniert.

Aber weiter mit unserem Einkäufer, der sich der Frischeabteilung nähert. Ein großes Schild schreit nach seiner Aufmerksamkeit, denn Hackfleisch, das sowieso im Angebot ist, ist zusätzlich reduziert. Er addiert, dividiert und kommt zu dem Schluss, dass zwei Pakete ins Budget passen könnten. Eine dickere, ältere Dame mit Hut und einem gut beladenen Einkaufswagen schiebt sich an ihm vorbei. Ihr Mundschutz besticht durch ein Katzenmuster; rabenschwarze Kater mit roten Schlipsen. Sie bleibt nach Atem ringend stehen und der Gute ergreift die Gelegenheit, sie auf das Supersonderangebot hinzuweisen. Wie von der Tarantel gestochen, erwacht sie zum Leben und drängt sich energisch an dem schmalen Überbringer der guten Nachricht vorbei. Ihr Popo gibt seinem Wagen sogar einen energischen Drall. Zielgerichtet rollt sie zum Kühlregal und nimmt besitzergreifend die drei letzten Packungen „Halbundhalb", die ganz hinten in der Thekenecke liegen und wirft sie mit Schwung in ihr riesiges Warenlager, das da im Wagen lagert. Mein Gesprächspartner schüttelt unmerklich seinen Kopf und zieht die Stirn in Falten und erzählt weiter: „Ich habe kein Wort gesagt, habe ein Päckchen von gegenüber zum Normalpreis genommen, bin noch zum Tierfutter, wie immer, um für Alex, der zu Hause auf mich wartet, ein kleines Päckchen Leckerchen zu besorgen." Dann schiebt er entschlossen den Einkaufswagen in die Gemüseabteilung, um einen Kartoffelsack zurück zu legen. Jetzt stimmt das Budget wieder.

Dann ab zur Kasse und alles bezahlt. Draußen nimmt er sich seine Mund-Nasenmaske ab und atmet tief durch.

Ich schaue ihn wortlos an, nach seinem Bericht, ich möchte nicht werten. Alex springt auf seine Füße, nach der Gesprächspause spürt er, dass es gleich nach Hause gehen wird. Da bekomme ich dieses zu hören, ich meine sehr treffend: „Wie im Märchen; beim Fischer und seiner Frau. Die konnte auch nicht genug bekommen. Diese Frau kennt sicher keine Märchen. Sehr schade…"

# Tanzstunde

Ich weiß nicht, ob sie noch Begeisterungsstürme erzeugt, die Tanzstundenzeit. Aber in den 60zigern ist das so. Wir Mädchen aus der 10. Klasse treffen auf die jungen Herren der nächsthöheren Klassenstufe. Das ist aufregend und schon Wochen vorher beäugen wir das Potenzial. Unter Leitung eines durchs DDR-Fernsehen bekannten Tanzlehrerpaares aus Dresden, das dort den Zuschauern, Rumba, Walzer, Twist und auch den DDR-Lipsi per Bildschirm beibringt, versuchen auch wir alle Schrittfolgen. Mehr oder weniger mit Erfolg, begleitet vom Plattenspieler und manchmal vom Klavier. Umgangsformen werden uns auch vermittelt. Irgendwie ist das aber alles sehr steif und wir meinen auch, nicht ganz passend für uns. Das Problem ist, es herrscht Mädchenüberzahl. Jede ist zappelig, ob der Topf ein Deckelchen findet. Wer wird eine Einladung zum Abschlussball erhalten? Ich werde von einem netten Jungen zum Ball eingeladen, klein und stämmig ist er, ein Leistungssportler, ein Gewichtheber. An einem Sonntag kommt er nachmittags mit drei Alpenveilchen für meine Mutter zum Antrittsbesuch. Die Familie trinkt Kaffee bei seiner Musterung. Er wird für tauglich befunden und mit einem Lächeln entlassen. Jetzt beginnt, man ahnt es schon, wieder ein Ausrüstungskampf. Pramo-Hefte werden durchblättert, einige Kleidchen in die engere Auswahl nominiert und Stoffe im HO-Kaufhaus und im Konsum-Kaufhaus gesucht. Mutter ergattert rosa Dederon mit weißer Stickerei und rosa Taft fürs Unterkleid. Es entsteht ein kleines, ausgestelltes, kurzes Hängerkleidchen nebst Beutelchen fürs umhäkelte Taschentuch. Sehr schön passen dazu noch die Jugendweihe-Absatzschuhe.

Die Tanzkarte ist prall gefüllt, das heißt, ich habe für alle Tänze einen Tänzer. Es kann nichts mehr passieren. Auch die unbemannten Debütantinnen haben einen Leihpartner bekommen. Dafür haben die Tanzlehrer gesorgt und der Abschlussball kann beginnen. Frisch onduliert, mit einem kleinen Strauß Nelken vom "Tanzstundenherrn" bedacht, so beginne ich im wohlgeordneten Pulk die Polonaise. Dann folgen Schlag auf Schlag die anderen Tanzreigen; mehr oder weniger elegant von mir und den wechselnden Partnern absolviert. Zwischendurch gibt es ein "Abendmahl", Kartoffeln, Braten, Soße, ich meine sogar mit Edelgemüse in Form von ein paar dünnen Stängelchen Spargel. Den Abschluss macht das obligatorische Mischkompott, eine Glasschale mit einer überschaubaren Anzahl von Apfel- und Birnenstückchen in zuckriger Soße. Und Sekt muss ich trinken, extra für mich von meinem "Tanzstundenherrn" bestellt. Er selbst trinkt nur Wasser, da er in Wettkampfvorbereitung ist. Meine Freundin Petra und ich schaffen locker diese Flasche Rotkäppchen Sekt allein.

# Die Nacht im Bahnhof

Ich sitze spätabends im Zug nach Zittau. Ich will das Wochenende bei meinen zukünftigen Schwiegereltern verbringen. Der Zug hält plötzlich unplanmäßig und sehr lange auf freier Strecke. Endlich fährt er nach fast einer halben Stunde weiter. Als wir den Bahnhof im kleinen Ort Löbau erreichen, wo ich umsteigen muss, ist der letzte Zug in Richtung Zittau längst abgefahren. Der nächste fährt erst am nächsten Morgen gegen 6 Uhr. Guter Rat ist teuer. Ein Taxi gibt es nicht und auch kein funktionierendes Telefon. Mir bleibt nur der dunkle, einsame Wartesaal. Ich krame aus meiner Reisetasche meinen kleinen Reisewecker und ein Buch und versuche, das mulmige Gefühl weg zu lesen. Als Abendbrotersatz gibt es ein paar trockene Scheiben Burger Knäckebrot. Das habe ich immer als Notration nebst einer Rolle Pfeffi, den DDR-Pfefferminzbonbons, dabei. Ich habe mich damit abgefunden, eine einsame Nacht im Wartesaal zu verbringen. Plötzlich öffnet sich die Tür wie von Geisterhand und eine Horde sogenannter Halbstarker mit langen Haaren kommt herein. Sie schauen genauso überrascht wie ich. Dann fliegen flapsige Sätze durch den Raum. "Hat dich die Mutti allein gehen lassen" oder "wirst du etwa gesucht?". Ich suche in meiner Tasche nach dem Ausweis, der belegt, dass ich beim Fernsehen arbeite. Ich meine, dass der mir Respekt und Autorität verleiht. Und wirklich, die Jungen sind für den Moment sprachlos. Ich glaube, das haben sie nicht erwartet. Nun muss ich ihnen die ganze Nacht übers Fernsehen erzählen und sie hören andächtig zu. Die sehen zwar abenteuerlich aus, sind aber ganz harmlos und freuen sich über meine Schilderungen, in Berlin waren sie nämlich noch nie. Da kann ich punkten und ich erzähle und erzähle. Ich hoffe so, die Nacht gut hinter mich zu bringen, was mir auch gelingt.

Am nächsten Morgen dann, bringt mich der Chef der "Gang" sogar zum Zug. Das Größte ist, er fährt mit mir bis nach Zittau, damit mir nicht noch auf den letzten Metern etwas passiert, erläutert er mir sein Tun. Ich habe eine Fahrkarte, aber er ist Schwarzfahrer. Bis Zittau hat er Glück und es gibt keine Kontrolle. Ich hoffe, dass er auch auf der Rückfahrt nicht kontrolliert wird.

# So wird es nie wieder sein

Ich habe Paris nie wieder so erlebt, wie im November 2015. So frei und unbeschwert. Ich mag diese Stadt aus vielerlei Gründen. Während ich das hier aufschreibe, beginnt sie wieder, meine große Schwärmerei für diese Leichtigkeit des Lebens, gepaart mit melodischer, charmanter Sprache und mit Historie an fast jeder Ecke. Wir fahren an diesem Tag damals hinein in den November, der für uns als Gastgeschenk goldenes Wetter bereithält, hinein in die französische Hauptstadt. Über wuselige, überquellende Straßen, wo sich jeder auf zwei oder vier Rändern die Vorfahrt zäh und mitunter laut hupend erkämpft. Im Endspurt geht es ins unergründliche Labyrinth der Tiefgarage, unter dem Gare du Nord, dem Pariser Nordbahnhof, gelegen. Etwas später klappert unser kleiner Rollenkoffer über das Pflaster der Rue de Maubeuge, nur ein paar Ampeln und Straßen entfernt, zum Hotel „Metropol". Eine der typischen Herbergen, mit viel Plüsch und im satten Rubinrot, die uns Ausländern immer etwas verrucht anmuten. Wir erliegen ihrem Charme nicht zum ersten Mal, wir kennen uns im Gemäuer aus und ruckeln im winzigen Aufzug hinauf in den Pariser Himmel. Im sechsten Stock, über den Dächern von Paris, liegt diesmal unser Zimmer. Ich ziehe die schwere Gardine zur Seite, öffne das Fenster, schaue den Spatzen zu, atme tief durch und blinzle erwartungsvoll in den Herbstsonnenschein.

Auf uns wartet zuerst ein mit gestärktem Damast gedeckter Tisch im Terminus Nord, einem bekannten Restaurant, einen Steinwurf vom Gare du Nord entfernt. Ein Geheimtipp, so wie ich meine, von Reisenden und Parisern gleichermaßen frequentiert. Ein Kommen und Gehen, leises Stimmengewirr und Kellner huschen unaufdringlich, um die nicht enden wollenden Wünsche der Gäste zu erfüllen. Wir werden an einen Tisch platziert, der es uns ungeniert möglich macht, dem Treiben draußen, zuzuschauen. Und das, während wir ein Plateau Fruit de Mer genießen, eine leckerfrische, opulente Platte mit Meeresfrüchten aus dem Atlantik. Verschiedene Sorten Austern, Langostinos, Crevetten, Muscheln und Meeresschnecken, Hummer und ein großer Tourteau, der Taschenkrebs, findet auf dem Crasheis dieser Platte, auf einem Ständer stehend, Platz. Dazu nebst gesalzener Butter, frischem Brot und einer unnachahmlichen Vinaigrette, eine hausgemachte Mayonnaise. Elegant schlägt „unser" Garcon sie fluffig mit einem Schneebesen auf, bevor er sie in eine silbrige Sauciere füllt. Dieses Schauspiel allein ist schon den Besuch hier wert und auch der leichte, perfekt auf die Meeresfrüchte abgestimmte Wein, machen das Essen wieder einmal zu einem Erlebnis a la bonheur.

Danach zu Fuß durch diese Wunderstadt an der Seine, etwas Kultur geschnüffelt und ganz still in der Kathedrale Notre Dame die Ewigkeit gespürt. Ein Tag ganz nach meinem, nach unserem Geschmack. Am nächsten Morgen, einem Freitag und dazu noch der 13. November, werden wir als bekennende Frühaufsteher trotz langer Nacht wieder gegen 6 Uhr wach. Unsere Nase wird vom leckeren Croissantduft gekitzelt, der durch das geöffnete Fenster zu uns findet. Wenn das kein gutes Omen für einen solchen Tag ist. So sitzen wir schon kurze Zeit später als erste Gäste beim petit-de´jeuner, einem kleinen Frühstück, unten im Frühstücksraum des Hotels. Viel schwarzer Kaffee, leckeres Backwerk und so dies und das, auch Eier. Ich greife nur zu Butter und Erdbeerkonfitüre, das passt doch perfekt zum noch warmen

Croissant. Die Butter zerläuft und ich beiße genüsslich hinein.

Mein Gegenüber greift beherzt zum Messer, um ein braunes Frühstücksei zu köpfen. Nein, Schreck lass nach, das Ei ist roh, so roh, wie gerade frisch von einer wichtig gackernden freilaufenden Henne gelegt. Zum Glück landen Eigelb nebst Eiklar nur auf dem Tisch und nicht auf der Hose meines liebsten Ehemannes. Wir hören im Nebenraum, in der Kaffeeküche des Hotels, die dienstbaren Geister des Hauses bei ihrer verdienten Frühstückspause wacker durcheinander schnattern. Sicher haben sie im Eifer des Gefechts vergessen, die Eier zu kochen. Ein logistischer Fehler, wir müssen lächeln, stellen den „Eier-Salat" nebst der Schüssel mit den restlichen ungekochten Eiern auf den Wagen für das gebrauchte Geschirr.

Damit ist unsere Mission „Frühstück" beendet und wir fahren noch vor der morgendlichen Rush Hour hinaus aus der Stadt, vorbei am Stade de France, das rechts auf unserem Weg liegt und in dem an diesem besagten Abend ein Freundschaftsspiel zwischen Frankreich und Deutschland starten wird. Doch zu diesem Zeitpunkt, da wollen wir schon wieder zu Hause sein.

Genau, das waren wir auch. Abends fieberten dann 80.000 Zuschauer vor Ort im Stadion und wir zu Hause schauten vom Sofa aus. Ein erster Knall dann in der 17. Minute und kurze Zeit später ein zweiter. Nur Mutmaßungen und bis zur Realisierung, dass es ein islamistischer Anschlag ist, das dauert noch. Auch bis alle schrecklichen Einzelheiten dieses Blutbades und das gesamte Ausmaß bekannt werden.

Mehr als 130 Tote, davon allein 89 im Bataclan-Theater, auf das zur gleichen Stunde ein Anschlag erfolgte, sind zu beklagen.

Wir, die heute noch am Ort des Geschehens waren, sind ohne Worte, traurig und doch froh, dass wir heil zurück sind. Unser aller Leben kann so schnell und unvermittelt durch Verblendete beeinflusst und sogar ausgelöscht werden. Und das nicht nur an einem Freitag, der dazu noch ein 13. ist.

# Adenauers Park

Oktober 2020, grauer, regnerischer Herbst ist es. Heute ist auch im Adenauer-Park nicht viel los. Nur eine Joggerin und ein älteres Pärchen, die von der Kölnstraße abbiegen, ihren Mund-Nasen-Schutz abnehmen und kräftig die Parkluft einatmen, sehe ich auf meinem Spaziergang. Ich schaue aus der Ferne zu und genieße diese Ruhe heute im neugestalteten Park. Sogar zwei braune Eichhörnchen, die hintereinander an einem dicken alten Baum hinauf flitzen, kann ich beobachten. Es ist schon etwas dämmrig und um diese Zeit „besetzen" schwarze Raben ihre angestammten Schlafbäume und machen kräftig Krach. Bis zu diesem Schmuddelwetter sah es noch ganz anders aus. Da herrschte hier ein menschliches Übergewicht. Hundehalter mit ihren Vierpfoten, Kinder, Skatbordfahrer. Die Bänke besetzt, von älteren Menschen, weiter oben dann ein paar Liebespaare, Sonnenhungrige, Lesende. Ich konnte zum Glück nur Harmonie entdecken. Der Park ist geeignet für alle. Rollstuhlfahrer haben hier gute Möglichkeiten, die Wege sind breit und für ihre Räder geeignet; der Belag ist griffig.

Lange genug hat es gedauert, bis wir unseren Park wiederbekamen. Aber das Warten hat sich gelohnt, er ist heller und sicherer mit viel Licht. Das Jesuskreuz ist frisch sandgestrahlt, ich gehe an ihm vorbei und suche das Standbild vom Staatsmann Konrad Adenauer, dem Namensgeber dieses Parks. Er hatte im alten Park am Eingang gethront. Ich schlendere weiter an hübschen Rabatten vorbei, die mit Bodenbedeckern bepflanzt sind, bis zum Kinderspielpatz, der heute gähnend leer ist. Klar, welches Kind will schon im Regen Sandkuchen backen. Dann sehe ich meinen alten Freund im braunen Metallanzug. Da steht er, der Herr Adenauer, gleich neben historischen Friedhofskreuzen. Ganz an die

Außenseite des Parkes haben die Parkerbauer ihn gestellt. Weit weg von seinem früheren Platz. Aber etwas Gutes kann ich dennoch daran finden. Er blickt auf den Spielplatz, hinüber auf Kinder aus aller Herren Länder, die gemeinsam spielen, wenn es nicht regnet. Mütter, Väter oder Großeltern behüten sie dabei und kommen dabei auch ab und zu in Kontakt. Wenn das auch in unserer gegenwärtigen Corona-Zeit alles mit notwendigem Abstand geschehen muss. So soll Leben sein, Menschen können zueinander finden. Wenn es Kindern gelingt, dann können sie Botschafter für die Erwachsenen sein. So würde ich das interpretieren.

# Blumengruß

Ja, das wollte ich: Danke sagen…einer lieben Facebook-Freundin in 95119 Naila. Sie wundern sich, dass ich hier mit einer Postleitzahl arbeite. Aber die wird eine dramatische Bedeutung in dieser Kurzgeschichte erlangen. Seien sie einfach neugierig, was jetzt kommt…

Meine beiden Lesungen im Corona-Herbst 2020 im schönem Frankenland fanden statt, gesponsert von Bund, im Rahmen des Programms „Demokratie leben". Das habe ich Cordula zu verdanken, die die Leiterin der Stadtbibliothek in Naila für mein Buch „Vom Ossi zum Wessi" begeisterte. Die beiden haben alles super in die Wege geleitet, trotz aller widrigen Corona-Umstände. Für mich eine große Freude, endlich wieder vor „echten" Menschen zu agieren, nach den langen Monaten mit Videolesung und Podcast als Überbrückung.

Genau ein Jahr vorher, als Cordula hier in der Nordeifel Urlaub machte und wir uns zum ersten Mal trafen, wurde die Idee geboren, in Naila, in dessen Nähe im Jahre 1979 der Fluchtballon mit den zwei Familien aus der DDR landete, eine Lesung zum meinem Buch „Vom Ossi zum Wessi" zu veranstalten. Das es bis dahin eine Pandemie geben würde, das konnten wir nicht ahnen und dass der Termin dadurch auf wackeligen Beinen stand auch nicht. Aber schlussendlich verlief alles blendend; die Lesung abends und am nächsten Morgen meine „Schulstunde" mit 30 Jugendlichen der 10. Klassen der Mittelschule Naila.

Jetzt wollte ich, als kleines Dankeschön, Blumen für Cordula bestellen, Freude verschenken und dies alles mit einer 7-Tage-Frische-Garantie, im Internet, bei „Valentins", dem Blumenhandel. Ein gutes Gefühl, denn laut Wikipedia ist Valentin ein Heiliger und Märtyrer und noch dazu der

Starke, der Kräftige und Gesunde. Ich bin so was von überzeugt und suche am Laptop unter vielen, vielen Sträußen im stundenlangen Abwägen und allerlei Überlegung den Einzigen für meine Freundin passenden aus. Dazu etwas roten Wein und alles hübsch mit Herzen und Danke verpackt. Das muss einfach sein und sicher ist die üppige Verpackung wiederverwendbar oder recyclefähig. Alles am Sonntag erledigt und das Bestätigungsmail erhalten. Am Dienstag, das wurde mir versichert, sollte Cordula vor Freude an die Decke springen und sich über mein Dankeschön freuen dürfen. Ich hatte die Möglichkeit, mich bis dato am DPD-Tracking zu erfreuen. Macht Spaß auf dem aufgezeichneten Plan, die Hupe am kleinen DPD-Auto zu drücken und den stilechten Ton einer Hupe zu hören. Killefitz und überflüssig, wie ich meine, wichtiger ist es, die Ware pünktlich auszuliefern. Doch daran scheint es den Mannen des Dienstes zu mangeln. Heuer ist Mittwoch und ich las, nach unterzeichnen aller Datenfreigaben, der Eingabe der Treckingnummer und der Postleitzahl, dass der Blumengruß nicht zugestellt werden konnte. Der Empfänger sei nicht zu ermitteln. Das erstaunt mich, weil ich doch an diese Adresse schon einiges geschickt habe, dass immer den Empfänger erreichte. Die Postleitzahl 95119 sagt es doch ganz eineindeutig, dass es ein Ortsteil von Naila ist und die Adresse in der realen Welt existiert.

Jetzt beginnt der zweite Teil dieser Geschichte mit Telefonaten und e-mail-Verkehr. Natürlich zuerst einmal mit zwei Behauptungen, dass erstens ich, die Bestellerin, eine falsche Adresse angegeben und zweitens die zu beglückende kein Namensschild am Haus gehabt hätte. Ein Hin-und-Her und viel Zeitverschwendung, bis beides entkräftet werden

konnte. Jetzt eine neue Hürde, die mir weiteres Kopfzerbre-
chen bereitete, man wollte die Handynummer der Adressa-
tin, um sie dem Paketdienst mitzuteilen. Mir kräuseln sich
die Ohren wegen Datenrechtsbedanken. Ich rufe meine
Freundin an und sie gibt ihr Okay. Jetzt beim Weiterschrei-
ben meiner Geschichte, meldet sich mein Smartphone und
ich lese auf Facebook-Messenger, dass Cordula ihre Blumen
endlich erhalten hat. Zwei Fotos hat sie auch gesendet und
gefreut hat sie sich auch über die Überraschung, die leider
schon seit ein paar Stunden gar keine mehr ist. Ob ich noch
einmal Blumen versende, dass glaube ich kaum, wäre fast
schneller gegangen, sie selbst per Auto nach Naila zu fahren.

Enden will ich noch mit einem anderen Valentin, nämlich
Ludwig Fey alias Karl Valentin, dem Komiker und Autor,
der treffend schon damals, als es noch kein Internet und keinen DPD gab, formulierte: Jedes Ding hat drei Seiten. Eine
positive, eine negative und eine komische.

# Schlussblatt

Fast November und doch noch ein wunderschöner Tag mit schmeichelndem Wind und Sonnenstrahlen, die ganz zart meine Hände wärmen, eigentlich noch einmal Altweibersommer in der Nordeifel. Ich fühle mich gut, irgendwie leichter und erleichtert, meine Kurzgeschichten sind alle aufgeschrieben. Ich konnte, ganz bildlich gesprochen, mein Buch heute zuklappen. Kräftig sind Rosinen aus dem Kuchen gepuhlt; amüsante, brisante, liebenswerte und auch solche, die sauer aufstoßen. Ganz von selbst, fast automatisch, haben mich meine Füße zu der Bank am Rundweg getragen. Dort, wo mir im Frühjahr der Gedanke kam, alles aufzuschreiben. Ich schaue hinunter auf Brück, sehe die Rurtalbahn unten im Tal anschnaufen und sich ihren Weg frei pfeifen. So sieht das zumindest von hier oben aus. Aus meiner Perspektive wie eine Spielzeugbahn mit wunderschönem Beiwerk an Land und Leuten. Ähnlich wie meine Geschichten wie Perlen aufgereiht, zu losen Geschichten. Zufälliges und manche Anregung aus dem Alltag, gaben mir Stoff für die eine oder andere Episode. Es ist so passiert, ähnlich oder mit etwas Fantasie verfremdet. Dinge sprachen mit mir, die sonst eigentlich zum Stillschweigen verdammt sind. Das ist mein Glück als Schreiberin, worüber ich mich so besonders freue.

Liebe Fertigleser. Sie haben Geschichten, die lange zurück liegen oder auch solche, die erst kürzlich passierten, gelesen. Ich hoffe, sie haben geschmunzelt, konnten hinter manchen Kopf schauen, Handlungen nachvollziehen und auch verstehen, weshalb Dinge sprechen wollen.

Danke fürs Umblättern.